KB045562

The Sisters Karamazov

까라마조프의 자매들

- 이 작품은 도스토예프스키의 고전 소설
《카라마조프 가의 형제들》 속 캐릭터의 성별과 배경을 각색했습니다.

- 러시아어에선 성별에 따라 이름이 달라지나, 원작과의 연결성을 위해
그대로 표기합니다. 다만, 부칭을 남성형에서 여성형 또는 여성형에서 남성형으로
바꾸었습니다. 부칭은 러시아식 이름 표기법으로, 아버지의 이름을 딴 중간 이름을
말합니다.
(ex. 표도로비치→표도로브나, 이바노브나→이바노비치)

- 리메이크 작품인 만큼 원작의 주요 사건과 전개를 따라가나
모든 사건이 동일하진 않습니다. 어떻게 재해석되었는지 즐겨주세요.

- 이 단행본의 작품명, 인명 등은 웹툰 원작의 표기를 우선해서 따랐습니다.

2

The Sisters Karamazov

까라마조프의 자매들

정원사 지음

arte POP

차례

캐릭터 소개

알렉세이 표도로브나 까라마조프
(알료샤)

- 부: 표도르, 모: 소피아
- 까라마조프 가의 삼녀 (20세, 163cm)
- 견습 수녀
- 아버지가 대놓고 편애하는 딸이자 드미트리가 지상의 천사라며 칭찬하고, 이반이 몹시 아끼는 허약한 동생
- 모두가 사랑할 수밖에 없는 사람이라지만, 본인은 그런 관심이 가끔 불편하다.
- 호기심이 많고 당돌한 구석이 있다. 솔직하고 다정한 언행에 마을의 깡패들도 그 앞에선 온순해진다.

TMI

순진한 양처럼 생겨서
사나운 들개들을 길들이는
강강약약의 전형.

파벨 표도로브나 스메르쟈코프
(파샤)

TMI

하도 숙이고 다녀 실제 키보다
작아 보인다. 주변 사람들도
실제 키를 알고 당황할 정도.

- 부: ?, 모: ?
- 까라마조프 가의 입주 고용인 (24세, 180cm)
- 명분상 표도르의 양녀
  하지만 아무도 딸 취급을 안 함.
- 부당한 대우에도 고분고분하게 요리 및
  온갖 잡무를 도맡고 있다.
- 세상 만물에 관심이 없는 듯 굴지만
  기이할 정도로 이반만은 잘 따른다.
- 지식에 대한 갈망이 크나, 종교를 포함한
  대부분의 사상을 조롱한다.

SISTERS KARAMAZOV

14

노 란 싹 수

그 꼬마가
얼마나 영악한데요?
저희 집 빵이랑 과자를
몇 번이나 훔쳐 갔는지
몰라요.
뭐, 그 집 아버지가
애를 거의 방치했으니
그럴 만도 하죠.
불쌍하기야 한데….
야오옹
저야 다리를 저니
쫓아가지도 못하고 곤란해서….
정말 잡아주신다고요?
에이, 힘들걸요.

'드미트리',
검은 지붕 집에 사는
괴물 꼬마예요.

안 돼.
동생 줄 거야.

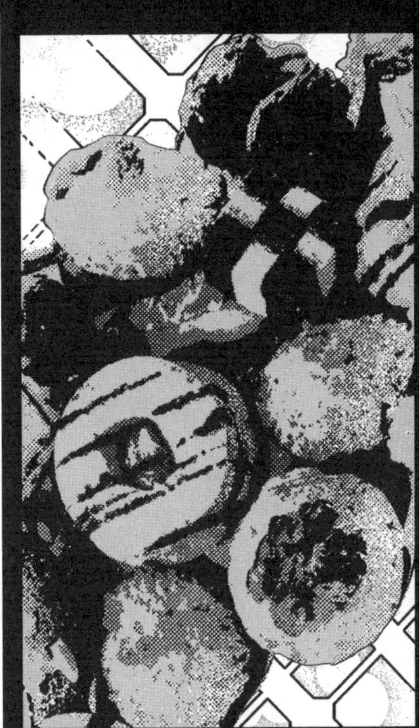

안 먹을래.

왜애애?!
가게에서 훔친 거 다 알아.
나더러 공범이 되라고?
그 사람들은 좀 잃어도
어차피 또 가질 수 있잖아!
알료샤!
쯥
쯥
앗!
아잇. 그러면 못써.
한눈판 새에 먹다니!
꽈앙

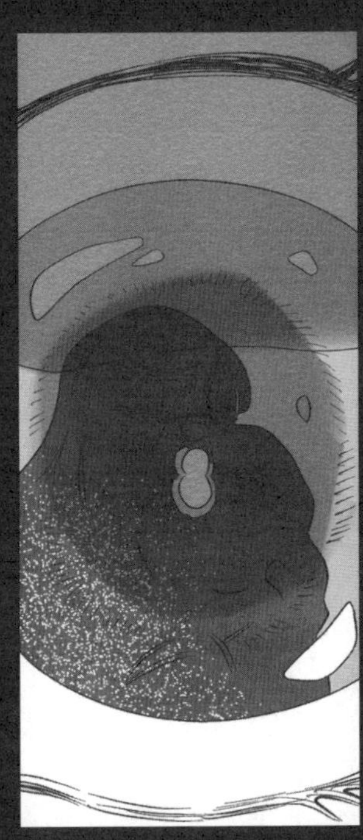

넌 뭐 하나라도
가졌으니까
날 이해 못 하겠지.

이반,
너한텐 엄마도 있었고
알료샤도 있잖아.

네가 가진 게 없긴 왜 없어?
난 동생이 하나인데
넌 둘이나 되잖아!
너 방금
날 네 언니라고
처음으로 인정한 거야?!
분명 그랬다?
아니!
이…!

언니 대접 받고 싶으면
손버릇부터 고쳐 와!

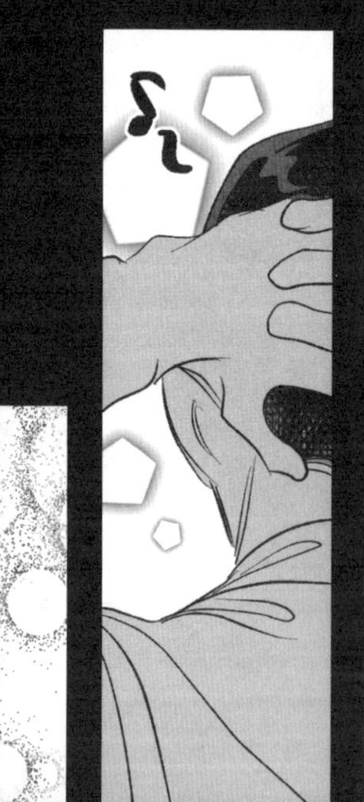

누가 지갑을 길에 흘렸담?
칠칠치 못하긴.
캑.
돈도 많네!
핫
안 돼.
더 이상
훔치지 않기로
약속했잖아.
텁!
신분증이 독일어네.
지갑 주인이
독일인인가?
이걸 어떻게
돌려주지?
스윽

네가 바로 그
드미트리구나.
덥석
누구야!
이거 놔줘요!
어허,
바둥대면
떨어진다.
헉…
보리스 씨,
말씀하신
도둑 꼬마가
얘 맞죠?
아이고,
진짜 잡았어요?
절룩…
절룩

이놈아, 당장 아버님 불러와!
여태 우리 가게에서 훔친 빵들
전부 변상하라고.
우리 아빠가
퍽이나
그래 주겠다!
툭!
어? 내 지갑….
… 어리다고 봐줬더니
이제 지갑에도 손을 대네.
안 되겠어요, 알리나 선생.
이대로 경찰에 넘기죠.
자,
잠깐만요!
이번엔 진짜
훔친 게 아니라 주웠어요!
주인을 찾아
돌려주려 했다고요!

너 같은 도둑이 하는 말을 누가 믿어?
내 오늘 그동안의 손해를 꼭 돌려받아야겠으니 경찰에 넘깁시다.
의사 선생도 애라고 괜히 봐주지 말고….
이런 싹수가 노란 애들을 사회에 풀어두면 분명 범죄자가 된다고요.
뚝… 뚝…

잘못했어요.
근데, 으, 이번엔 아닌데.
내 동생이랑, 흑, 이제 진짜 안 훔치기로 약속했단, 말이야…….
……!
이, 이놈이, 냅다 운다고 해결되는 게….
제 지갑에서 꺼내 가시죠. 총 얼마라고요?
아니, 그걸 왜 선생님이—
아니에요. 이 애가 제 지갑을 찾아줬잖아요.

그러니까
이 아이가
갚은 거예요.
어른이 애를
안 믿어주다니요?
그런 창피한 세상을
어떻게 물려줍니까?
… 얘야, 아저씨가
흥분해서
심한 말을 했구나.
먼저 사과해 줘서 고맙다.
아저씨도 미안해.
용서해 주겠니?

끄덕
고맙다.
도와주셔서 감사합니다.
가게를 너무 오래 비워서
이만 가봐야겠어요.
?
?
뭘요,
제 단골 가게인데
도와드려야죠.
……누가 쓰다듬어 준 건
살면서 처음이야.
어른들도 나한테 사과를 다 하네.
우리 아빠는 안 그러던데.
배 속이 간지러워.
이거 참 이상하다.
이상한 어른.

깜짝!
이야, 찾아줘서 고맙구나.
이 지갑은
내 어머니 유품이거든.
딸꾹
딸꾹
어머.
쪼, 쪽팔려…!
답례라도
하고 싶은데…
가만있자,
지금 가진 게—
호두라도
좀 먹을래?
돈을……
방금 다 써버렸네.
진짜 이상한 어른이다.

아까는 대체
무슨 마법이었어요?
뭐가 말이니?
보리스 아저씨요.
엄청 화가 났는데
알리나 선생님의 한마디에
저한테 사과하셨잖아요.

그건 마법이 아니라
대화와 설득이란다.
아쉽다. 그럼 우리 아빠한텐 못 써먹겠네요.
아빤 맨날 화났거나 취해 있거든요.
그런데 제일 싫은 건
나도 아빠 딸이 맞나 봐요.
매일 화가 나는데,
뭐 때문에 화가 나는지
모르겠어요.
교회에 가보는 게 어떠니?

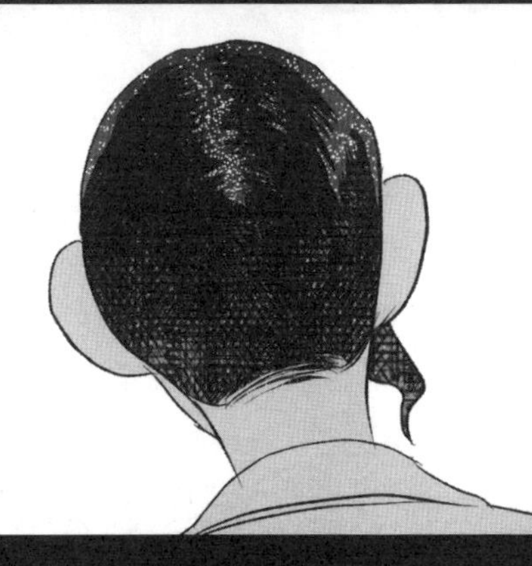

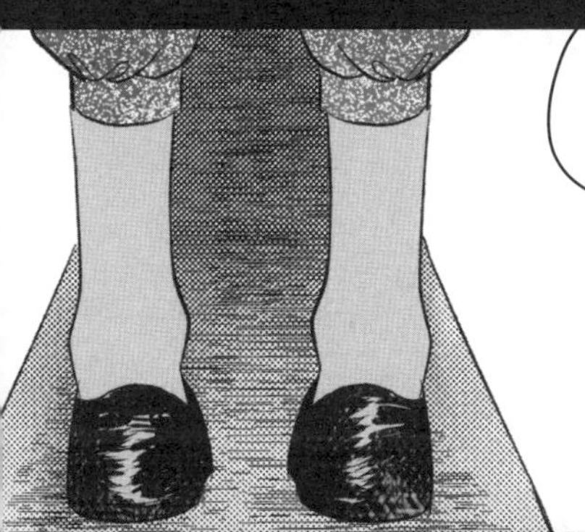

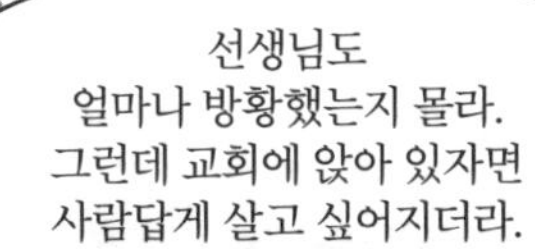

정해진 사람만
깨끗하게 살 수 있는 게 아냐.

정말 중요한 건,
사람들은 누구나
비열하게 살 수 있는데도,
결국 선해지는 쪽을 선택한단 거야.

오늘
넌 정말 떳떳했잖니.
동생과의 약속을
지키려 노력했지.
앞으로 그런 날을
많이 만들면 돼.
…….
나같이
글러먹은 애들도
천국에 가요?
글쎄, 천국은
아이들의
것이라던데?

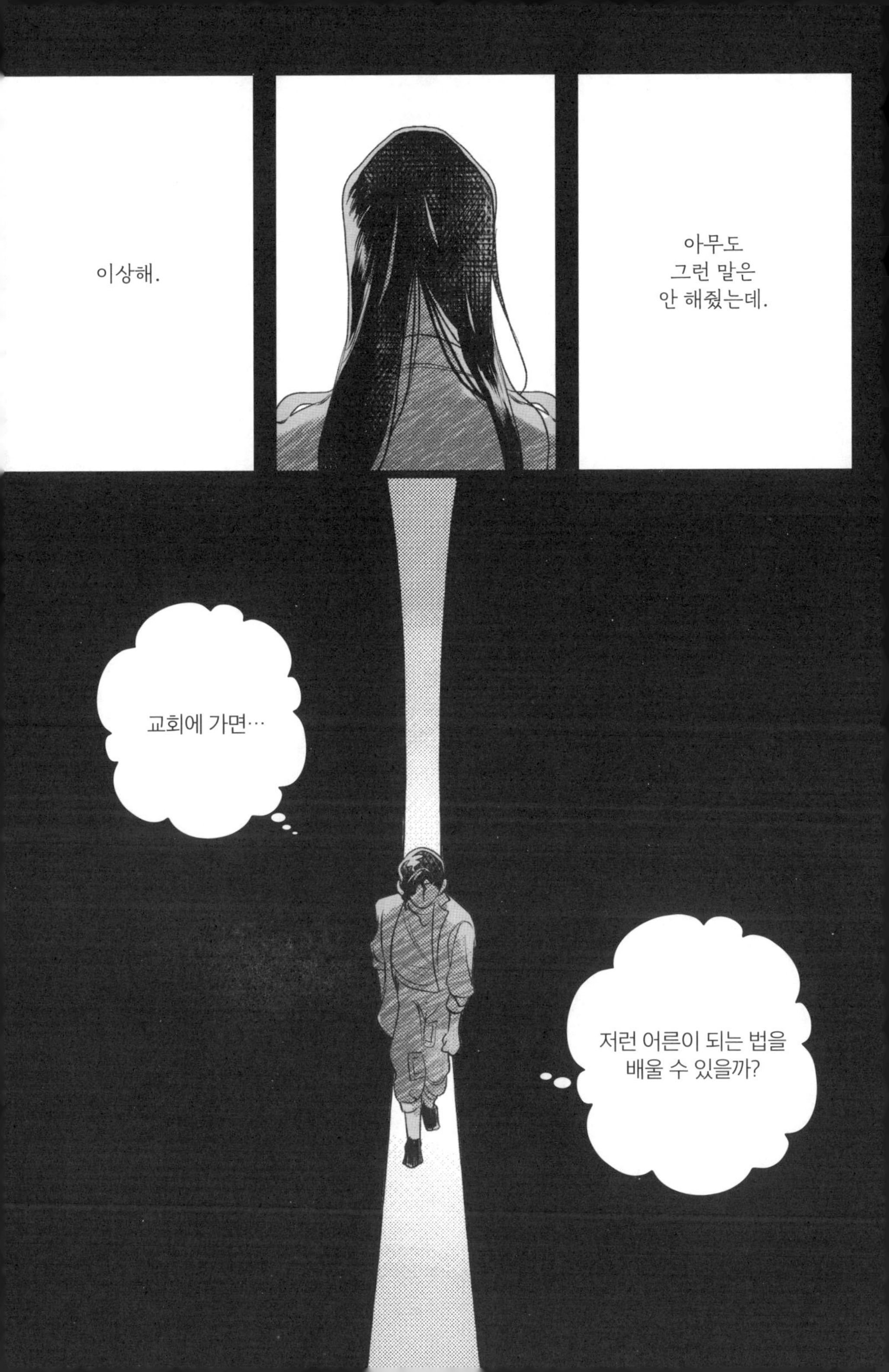

이상해.

아무도
그런 말은
안 해줬는데.

교회에 가면…

저런 어른이 되는 법을
배울 수 있을까?

SISTERS KARAMAZOV

15

황 금 기

GOLDEN TIME

2 YEARS LATER

오늘도 교회로 가?

집보다 훨씬 낫잖아? 난방도 따뜻하고.
그건 그렇지만, 우리가 환영받는 분위기도 아니고.
안녕!
알료샤, 누구한테 인사한 거니?

강둑 너머에
저 사람.
혹시 아는 사이야?
누구?
아, 저 아저씨
또 왔네.
봐봐.
엊그제도 저기서
꺼림칙하게
지켜보던데….
드미트리,
아무래도
널 관찰하는 것 같아.

흠—
전혀 모르는 아저씨인데. 기분 탓 아냐?
그냥 신경 꺼! 알료샤가 지쳐 보이니 빨리 안고 가기나 하자.
정말 모르는 사람이야?
그럼! 자, 가자.
저렇게 애틋하게 보는데?
왠지 불길해….

무슨 기도 해?
나?
아버지가
사라지게 해달라고!
그런 흉악한 소원을
누가 들어줘?
그러는
이반, 너는?
알료샤가 더 이상
아프지 않게 해달라고
기도했어.

캑, 바보 아냐?
모처럼 네 소원인데
왜 남을 위해 빌어?
언니란 원래 그런 거거든?
넌 동생이 갑자기 생겨서
모르겠지만….
알료샤는 엄마가 내게 남긴
소중한 가족이니까.

어,
그럼 나도 언니답게 바꿀래.
너흰 내 소중한 가족이잖아.
이제부터
내 소원은…
아!
우리 자매 모두가
어떻게든
행복해지기!

그것도 결국 너를 위한 소원 아니야? 너도 포함되잖아.
엑!
그런 뜻이 아니었는데, 어렵구먼….
돌이켜 보면 같이 산 2년이 생각만큼 나쁘진 않았지. 드미트리도 나름 노력했고….
깜짝 놀랐네. 이제 제법 언니처럼 말할 줄 안단 말이야.
계속 이렇게 지내는 것도, 어쩌면 괜찮을….
콜록
콜록

"개 여동생이
엄마를 닮았는지,
숨도 약하고
수시로 발작해서…."

"이반만 안됐어요.
세상에, 엄마와 동생이
같은 유전병이라니….”
“하늘도 무심하시지.
언젠가 분명히
그 애 혼자 남을걸요.”
혼자…….

…
이반!

괜찮아!
나 여기 있어!
그보다 정신 안 차려?!
빨리 병원에 데려가야지!

음.
방긋!
단순 몸살이네!
수액 좀 맞으면
괜찮을 거야.
끔뻑
끔뻑

평소에도 조심할 게 한두 가지가 아닐 텐데…. 조금만 아파도 금세 악화될 수 있으니까, 집에서 꾸준히 신경 써줘야 된단다.

빠득…

하다못해 우리의 보호자만… 아버지만 제대로 된 사람이었어도 알료샤가 병을 키울 일은 없을 텐데…!

드미트리가 줄곧
말하던 동생이 얘구나.
또래에 비해
생각이 너무 많아 보여.
이 아이들의 잘못이
전혀 아닌데도….
드미트리?

많이 놀랐지?
동생들이랑 여기까지 뛰어오느라
고생했겠구나.
수액은 한 시간이면 끝나.
선생님이 돈을 줄 테니
자판기에서 음료수 좀 뽑아 올래?
이반 몫까지 부탁해.
돈?
맞다.
병원비!

저기,
그, 병원비
말인데요.
지금 당장은 없고요.
기한만 주시면
어른들한테 부탁해서….
됐어.
선생님이 낼게.
아니요.
도와주신 건
정말 감사한데요.
동정받기
싫어요.

이반!
알리나 선생님한테
말을 왜 그렇게 해!
우릴 불쌍한 애 취급하잖아.
너야말로 이분을
너무 좋아하는 거 아냐?
야!
싸, 싸우지들
말고~.
이야, 깜짝아.
엄청 예리하구나.
호의라고
쉽게 받지 않는 걸 보면
언니랑 사고방식 자체가 다르네….
얘네 둘,
자칫하면
서로 많이
오해하겠어.

네.
며칠 지켜보니 확실해요. 자기 엄마를 쏙 빼닮았던데요.
아젤라이다의 딸이 살아있습니다. 벌써 열네 살이래요.
표트르 알렉산드로비치 미우소프
아젤라이다 (드미트리 생모)의 사촌 오빠.

그럼요, 어머니.
저희 모두가 그 어여쁜 애를 사랑했어요.
그 새끼와 야반도주했단 소식을 들었을 때
저도 군대에서 얼마나 화가 났는데요.
그래도 딸아이는
무슨 잘못입니까?
표도르, 그 개자식이
지금 제 조카를 거지꼴로
키우고 있다고요.
어머니도
제 성격 아시죠?
이게 다 그 애를 위해서예요.
죽기 직전까지 걱정했던 딸이
안전하게 지내야
아젤라이다도 무덤에서
편히 눈감지.
그새 동생도 둘 생긴 모양인데,
뭐, 그런 부정한 애들이야
제 알 바가 아니죠.

무슨 수를 써서든
제가 데려갈 겁니다.

SISTERS KARAMAZOV

16

그는 황금도 얻고 외로움도 늘었네

He Found You
애들아.

너희 아버지를
만나러 왔는데.
안에 계시니?

정말 문밖에서 엿듣겠다고?
이반, 너답지 않게 왜 그래?
저 아저씨는
뭔가 쎄하단 말이야.
쉿! 둘이 얘기한다.
그냥
아버지의
평범한 손님일걸.

잘 지낼 리가.
자네가 내 여동생을 납치한 이후로
푹 자본 적이 드무네.

네놈은 살이 뒤룩뒤룩 찐 걸 보니
잘만 지냈나 보군.

하하. 제 아내는 납치가 아니라
제 발로 절 따라왔는데요?

데려가서 잘 대해주기나 했고?
배은망덕한 기생충 같으니….

분위기 진짜 살벌하다….
그러게.
난 우리 아빠가
말로 털리는 건 처음 봐.

이런 촌구석까지 도망쳐 오다니.
덕분에 찾는 데 오래 걸렸어.
이봐, 비단 우리 가문만 아니라
소피아 쪽에서도
자넬 찾아 죽이겠다고
벼르는 거 아냐?

소피아라면 ….
… 내 엄마.
저 아저씨가 누구길래 나도 만나본 적 없는 우리 외갓집 사정까지 알지?
확실히 처가의 등쌀을 피해 여기까지 온 건 맞습니다. 사업도 가명으로 운영했고요.
하지만 십 년이 넘도록 못 찾을 만큼 꼭꼭 숨었던 것도 아닌데…. 사실 다들 손녀들을 책임지기 귀찮았던 것 아닙니까?
'제아무리 표도르라도 자기 자식 정돈 책임지겠지….'라며 외면한 건 아니냐고요!

그렇게 여동생이 소중했으면 탈영을 해서라도 찾으러 왔어야지.
조금만 더 부지런했다면 제 아내도 살아있었을 텐데요.
이,
입만 산 버러지 새끼가….

콰악!

용건만 말하지.
내 여동생의 딸은 오늘부로
내가 데려가겠네.

조카 꼴이 엉망이던데.
우리 가문의 핏줄답게
만들어 놔야겠네.

미친놈.
이 집안 사람들은
성질머리가
다 이렇다니까.

이의 있나?

… 형님 마음대로 하세요.
입이 하나라도 줄면 저야 좋죠.

잘됐다!
알료샤에게도 좋은 환경이 필요하잖아! 저 아저씨가 우릴 데려가 주면….
아니.
드미트리, 자기 조카인 너만 데려가겠단 소리야….
난 아무래도 괜찮아. 언제든 이렇게 흩어질 걸 예상했으니까.
… 그런데 알료샤는 널 따르잖아. 걔한텐 대체 어떻게 설명할—
저 아저씨한테 나와 알료샤는 안중에도 없어.

거짓말하지 마.
너 하나도
안 괜찮잖아!
내가 네 표정도
못 읽을 것 같냐?
사실 너도 나한테 정들었지?
난 너희 두고 안 가!
아빠가 허락한들
내가 허락하지
않을 거야.
어쭈, 감동해서
말도 안 나오냐?

슥
어른들 말씀 엿들으면 못쓴다.
언니밖에 없지?
덕분에 찾으러 갈 수고는 덜었지만.
딸꾹

싫어!!!
난 여기서
동생들이랑
살 거야!!!
어이,
가서 내 차 문 열게.
어,
아이 짐부터
실을까요?
저기….
그건 버려.
쓰레기는
챙겨 갈
생각 없으니까.

손님,
이건 쓰레기가
아닌 것 같아서요.
응접실에
가죽 장갑을
놓고 가셨습니다….
스메르쟈코프!
잡소리 말고
이리 와!
네….
이런 가정환경에
애가 대체 몇이야?
표도르, 이 미친놈.
구질구질하긴….
너도 도착하자마자
씻기고 갈아입혀야겠다.
이건 뭐 야생동물도
아니고.
안 간다고!
드미트리!!!

너는, 무슨 인사도 없이…
…진짜, 가는 거야?

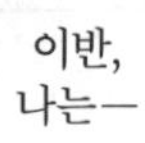
이반,
나는—
동생들에게 진짜
도움이 되고 싶긴 하니?

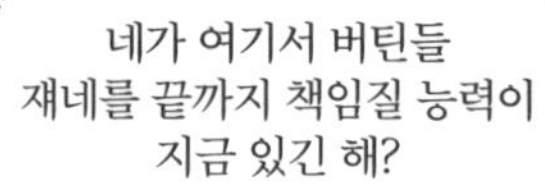
네가 여기서 버틴들
쟤네를 끝까지 책임질 능력이
지금 있긴 해?

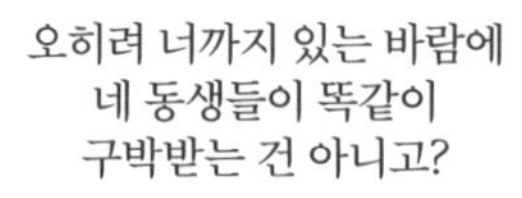
오히려 너까지 있는 바람에
네 동생들이 똑같이
구박받는 건 아니고?

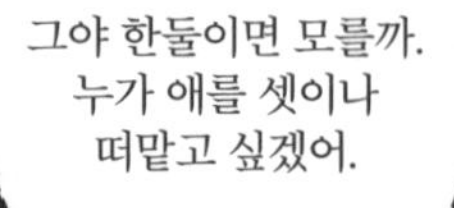
그야 한둘이면 모를까.
누가 애를 셋이나
떠맡고 싶겠어.
드미트리,
네가
동생들 앞길의
걸림돌이야.

이렇게 하자.
네가 순순히 따라오면,
네 동생들 외가에
둘을 데려가 달라고
연락해 주마.
그쪽 가문도
네 아빠를 원수로 여기고
나처럼 쫓던 입장이었는데,
작년쯤 포기했단다.
이제야
풀이 죽었군.
소피아의 장례식장에서
사라진 손녀들이
이젠 죽었다고
여기는 것 같던데.
내가 위치를 알려주지 않으면
가엾은 네 동생들은 이 시골에서
영원히 썩을지도 모르겠구나.

… 이반!

… 생각해 보니까,
내 행복에
너희는 필요 없어.
이제 와서 왜 유난이야?
우린 엄마도 다르고,
넌 날 싫어하잖아.
그냥 원래대로 돌아가는 거야.
넌 시끄러운 언니가 없던 시절로,
나는 성가신 동생이 없던 시절로.

너야말로
내가 네 표정도 못 읽는
멍청이 같냐?!
되지도 않는 거짓말로
비겁하게 정 떼려 들지 말고
네 생각을 말하라고!
언제는 언니 노릇을
하겠다고 난리더니
이제 와선 알료샤나 나한테
제대로 된 설명도 없이
네 편한 대로 훌쩍 도망친다고?
그게
최소한의
예의잖아!

좋아,
서로 없던 셈 쳐.

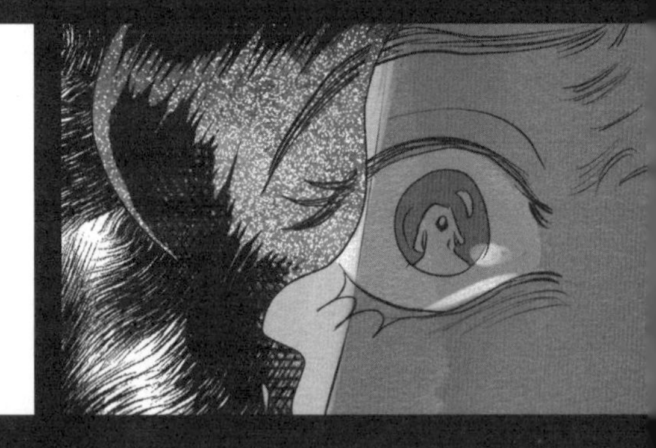

너같이 이기적인 새끼는
내 언니도 아니야.

그만 보고 싶어.
이제
네 진짜 가족한테
꺼져버려.
언니는 어딨어?
언니 여깄잖아.
아이, 말고~
드미트리 언니.
꽈악

I'm here to give you Christmas.

너에게 크리스마스를
줄게.

Parent's hugs,
children's laughter,
I'll give you a warm house
and dinner.

부모의 포옹,
아이들의 웃음,
따뜻한 집과 저녁을 줄게.

Forget the miserable past.
There will be only fun things ahead.

구질구질한 과거는 잊어.
앞으론 즐거운 일만
있을 거야.

Forgetting is
the greatest gift!

망각은 가장 큰
선물이라잖아!

언니?

SISTERS KARAMAZOV

10/6
17
빙글빙글
로맨스

굶으라고 데려온 거 아니다.
식사는 왜 걸렀어. 지금 동생들이랑 생이별했다고 시위하는 거냐?

내가 너무 한심해서
먹기 싫어요.
이반은
아저씨가 아니라
나한테 실망했잖아요.
엄마가 날 두고 도망쳤단 걸 알았을 때,
엄마처럼 비겁한 도망자는
되지 않겠다고 다짐했는데.
결국 그 엄마에
그 딸인가 봐요.
내가 또 전부 망쳤어요.

네 엄마에 대해
한참 모르는구나.
내가 엄마를 어떻게 알겠어요?
세 살인 날 버리고 떠났는데.
얼마나 후회했다고.
그러니 네 앞으로
유산을 남겼지.
몰라요.
내 앞에서
엄마 편들지 마세요.
짜증 나.

… 엄마는
어떤 사람이었는데요?

네 엄마,
아젤라이다는….

동네에서 소문난
쌈닭이었지.

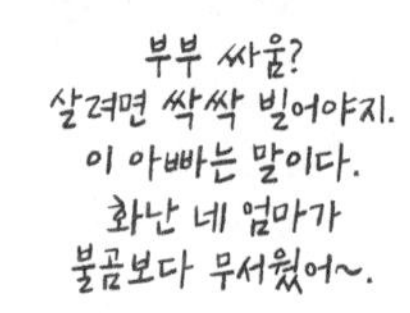

어쨌거나,
누가 뭐래도
사랑스러운
내 동생이었다.

갖고 싶은 건
반드시 가지고,
하고 싶은 건
꼭 해내야 직성이 풀렸지.

언제는
내가 장교복을 입은 모습에 푹 빠져선,
자기도 군인이 되겠다고 우기길래
장난 삼아 기초만 가르쳐 봤는데—

소질도
무시무시했지.
… 너 사격이 처음이라고?
만약 진짜로 입대했다면 나보다 좋은 장교가 되었을걸. 네 아빠랑 눈만 안 맞았어도….
… 내가 엄마를 그렇게나 닮았어요?
농담하니?
처음 널 봤을 때 난 순간 그 애가 살아 돌아온 줄 알았다.

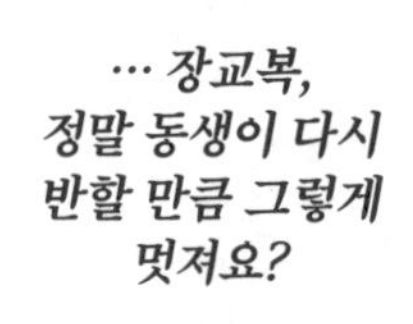

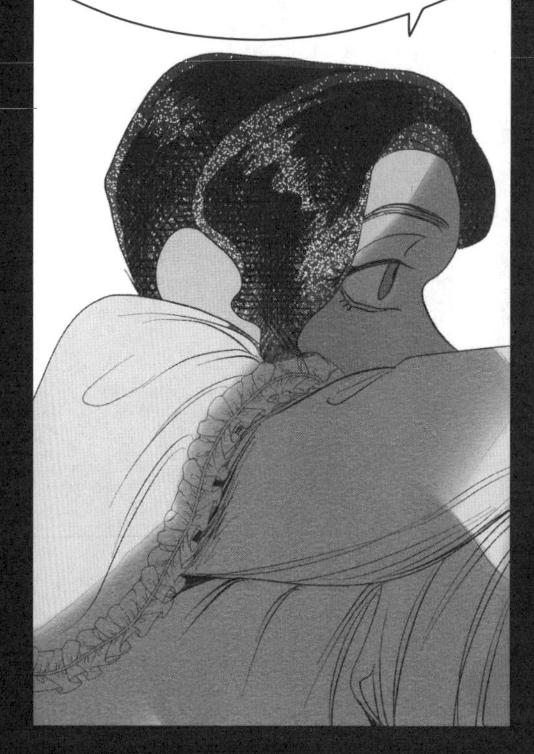

말이 나와서 말인데,

약속한 대로 네 동생들의 외가에 아이들이 지금 어딨는지 연락드렸단다.

아마 지금쯤 분명…….

찰싹!

내가 진정하게 생겼어요? 그레고리, 당신도 똑같은 인간이니까 당장 비켜요!

이런 한심한 인간도 사위라고…. 내 딸아이의 장례식조차 비밀로 해서 내가 배웅도 못 하게 만들더니.

마리야 보르호바
소피아의 어머니,
이반과 알료샤의
외할머니
이젠 내 손녀들까지 데려다
거지꼴로 키워놔?!
이 #$%@#!
언니,
우리 이사 가?
으응, 이제부터
외할머니 댁에서
지낼 거야.
정말 잘됐다, 알료샤.
여기 생활은 너무 추웠잖아.

드미트리 언니가
우릴 찾으러 왔다
엇갈리면 어떡해?
알료샤, 드미트리는 떠났어.
우리랑 이제 상관없는 사람이라고.

… 아닌데.
미챠 언니는
나쁜 사람 아냐.
잊어버려.
좋았던 사람이
나빠질 수도 있는 거야.

결국 우리 둘뿐이야.
이제 언니만 믿어.

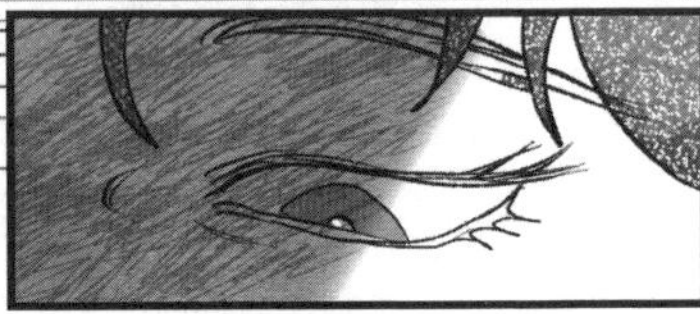

이반 언니,
나더러 언닐
믿으라고 했잖아.

언니는 아직도 내가
아무것도 모르는 어린애인 줄 알지만
나도 다
알 나이야.

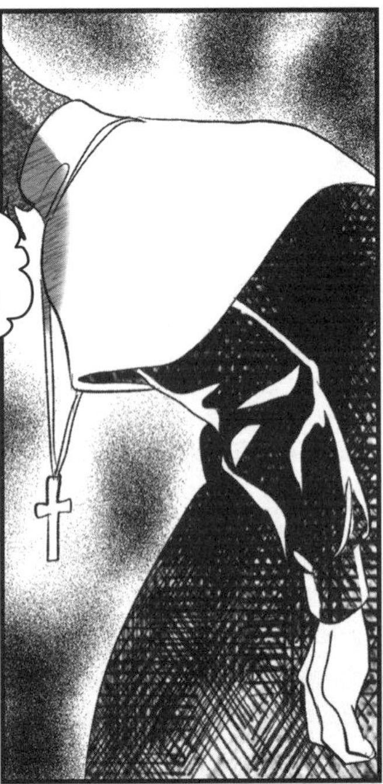

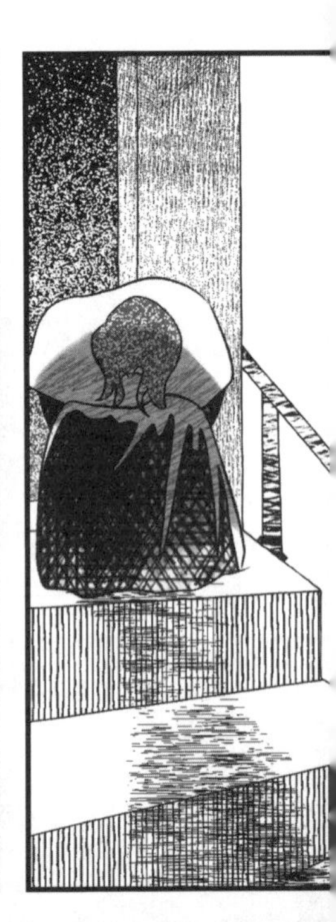

이반 언니가
예비 형부인
카체리나 씨를
사랑한다.
이 사실을
눈치채기 전으로
돌아갈 수 있을까?

나는 대체
어떻게 해야….

아가씨,
길바닥에서
기도라도 하시나요?

어,
그루첸카 씨?
왜 아직 여기에….

아잇~ 문 앞에서
계속 기다렸는데,
뭘 그리 오래 있었어요?
설마
카체리나랑 둘이서
내 뒷담화라도 했….

알료샤 양,
설마 지금 울어요?

아무것도
아니에요.
아니긴!
눈물이 아주 그냥 그렁그렁한데요?
내가 나간 뒤로 무슨 일이 있었던 거예요?

그냥….
머릿속이 복잡해져서요.
제가 사랑하던 사람들이
이젠 낯설게 느껴져요.

알렉세이 양.
피곤하게 산단 말
많이 듣죠?

모든 사람의 흠을
이해하려 들 필요 없어요.
불행은 각자의 몫이지,
알렉세이 양이 대신 해결해 줘야만
할 것들이 아니라고요.
날 봐요.
스스로한테만
집중하니까
얼마나 편해?

…… .
사랑하는 사람들이
잘못될까 봐
걱정되진 않으세요?

나는요, 지금처럼
내 생각만 하면서 살아도
충분히 피곤해요.
아무에게도
정을 주지 않고
믿지 않으면
실망할 일이 없죠.

깜빡
깜빡
이상하다.
그루첸카 씨는
분명 화려하게 생겼는데

방금은 왜
초라해 보였을까?
참!
내 정신 좀 봐
줄 게 있어요.

짜잔—
연애편지 대령이오.

꼭 전해달라 부탁받아서.
인기 좋네요?

엑.

뭐야? 뭐야, 뭐야?
그런 표정도 지을 줄 알아요?
우아, 완전 상처 준다! 한 번만 더 해주면 안 돼요?
지금 절 놀리시는 거죠!

무엇보다 전 옛날부터 추근대는 남자들이라면 딱 질색이라고요!

예전에 제가 신세를 졌던
부인 댁 자제인데, 알료샤 얘기를 꺼냈더니
반가워하더라고요.
편지를 꼭 전해달라고
하도 졸라서….

정말 기억 안 나요?
당신은 열여섯 살,
리즈 양은 열세 살일 때!
둘이 친구였다면서요.

…
혹시
호흘라코바
부인 댁의…?

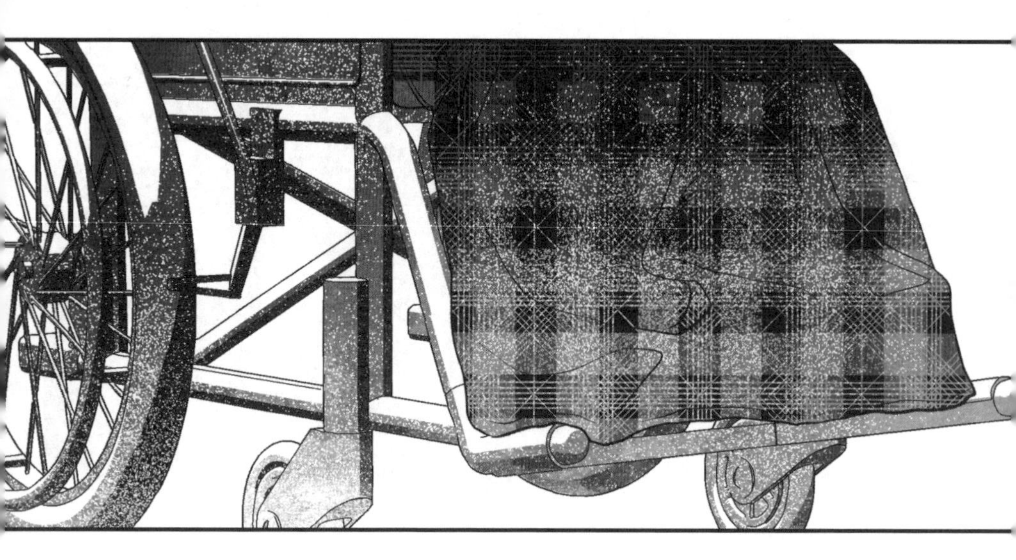

그 꼬마 리즈?

SISTERS KARAMAZOV

18

저와 결혼해요

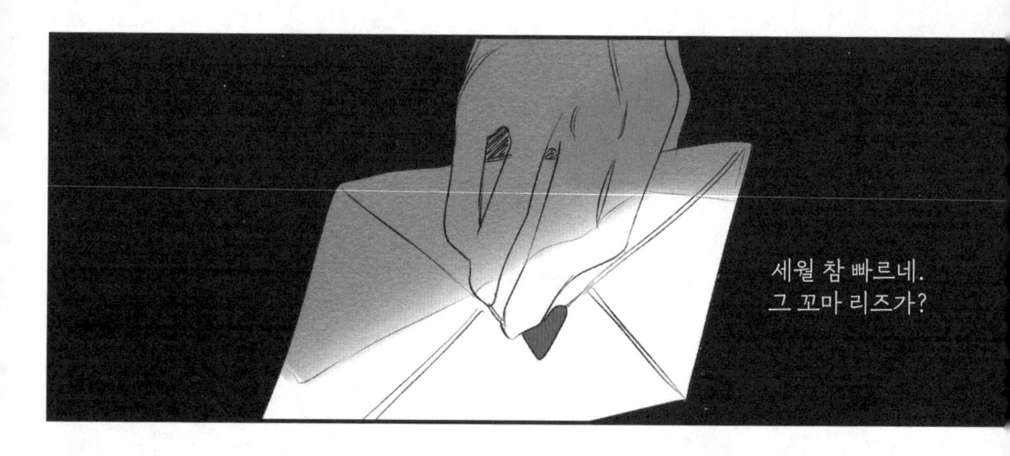
세월 참 빠르네.
그 꼬마 리즈가?

… 가만.
내가 스무 살이니,
리즈는 지금 열일곱 살 아닌가?
이런 장난을 다 치고….

아아~
모르겠다.
머리가 복잡해.
일단 수도원으로
돌아가야—

강도다.
지갑 내놔!

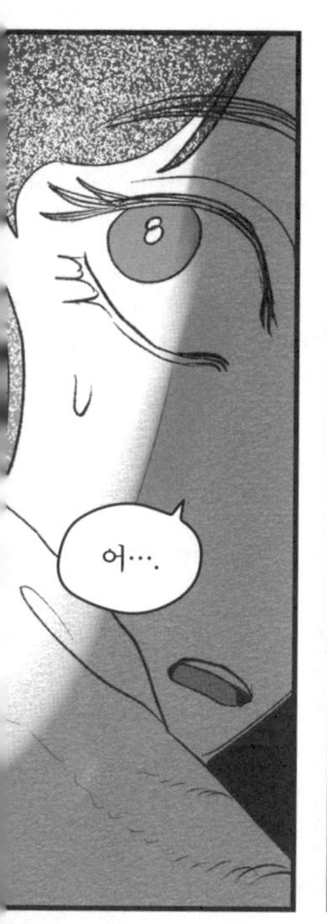
어….

놀랐지!
수도원으로 가는 길은
이 골목밖에 없으니
널 기다렸단다.
무슨
생각을 하느라
불러도 못 듣니?

오잉

저…
알료샤?
언니는 아버지랑 주먹다짐을 해놓고도
웃음이 나오나 보네….
내가 언니를 얼마나 걱정했는데,
이런 장난이나 치고….
얘야?
물론 언니의
이런 쾌활함을
사랑하지만…
나 혼자만
진지한 거야?

아까 그루첸카 씨도
이상한 장난을 치던데,
이런 건 둘이 똑 닮았어!

걜 만났어?

이상하네….
난 걔가 요즘
날 피해 다닌다고
생각했거든.

그런데 넌
만났다고….
자세히
설명 좀 해줄래?
이런,
카체리나 씨 얘기까지
해야 될 텐데.
말실수했다….

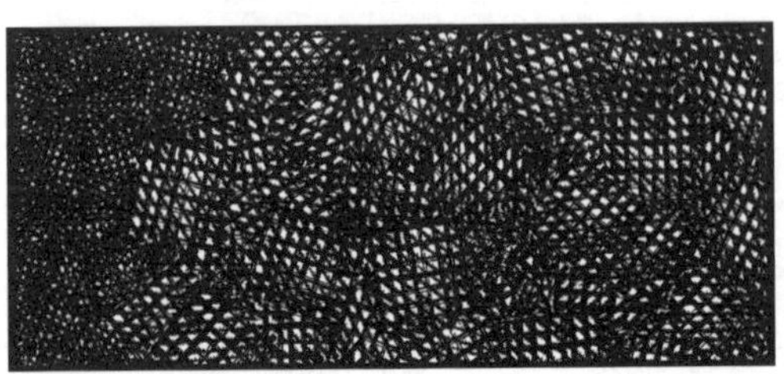

…
일이 그렇게 된 거야.
그루첸카 씨도
너무하지 않아?

큽,

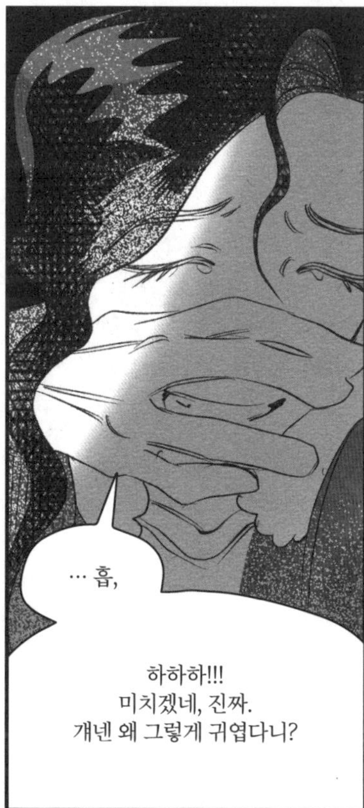
… 흡,
하하하!!!
미치겠네, 진짜.
걔넨 왜 그렇게 귀엽다니?

귀여워?
카체리나가 그루첸카를
너무 만만하게 봤네.
걘 나만큼 멍청하진 않거든.
그루첸카는 구슬리는 게
직업인데, 고작 도련님의
사탕발림에 넘어가겠어?
게임이 웃기게 돌아가네….

왜 웃는 거야?
언니, 이건 게임이 아니야. 사람들이 실제로 상처받잖아.

내가 이런 상황에 꼭 심각해야 하나?
일이 정 안 풀리면 콱 죽어버리지 뭐.
아니면 죽여버리거나.

뭐?
따지고 보면
말이야.

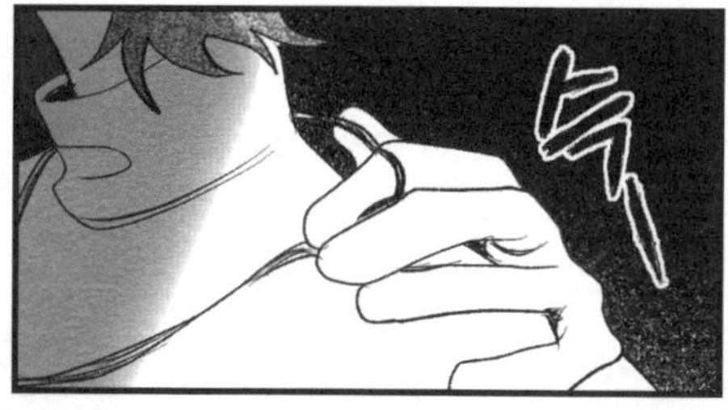

결국 시작은 돈 문제였잖아.
아버지만 죽이면 모두 해결돼.
어머니 유산도, 내 파혼도, 그루첸카도.

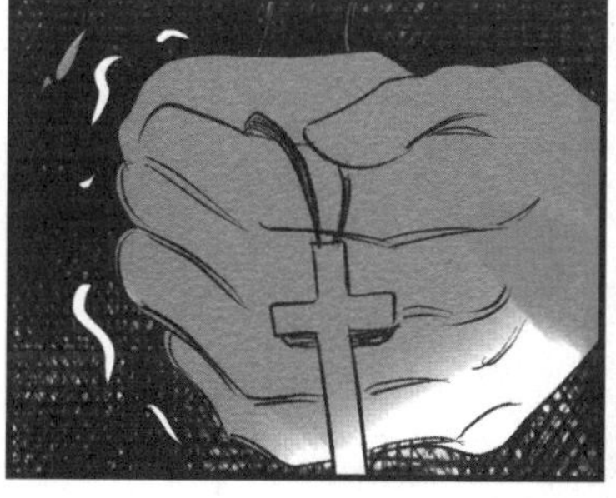

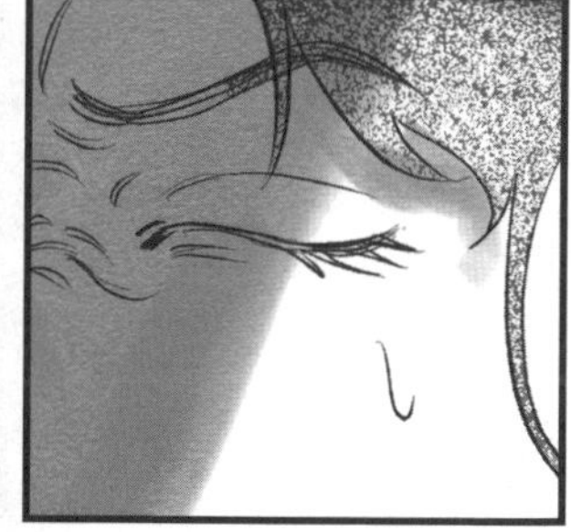

농담이지!

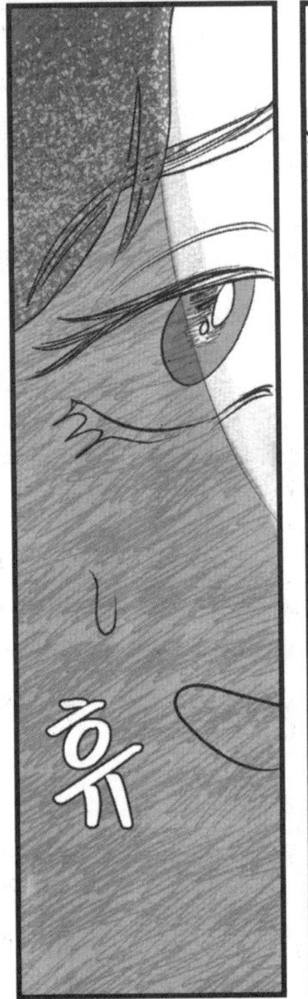
휴

깜빡 속을 뻔했잖아!
네가 너무 굳어있길래.

하긴,
정말 죽고 싶거나 누군가를 죽이고 싶은 사람이 어디 있겠어? 그만큼 막막하단 비유잖아.

어쨌거나 넌 걱정 말거라.

지금은 말해주기 곤란하지만,
내게도 다 숨겨둔 수가 있단다.
팡팡

어라.

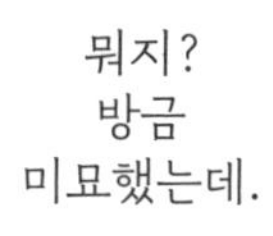
뭐지?
방금
미묘했는데.

뭔가 평소와 다른
위화감이….
자, 그럼 너도 봤겠다.

이 언니는 이만 예정대로
술이나 적시러 가보마.

… 언니!
정말 괜찮은 거 맞지?

언니한테
힘이 되려면 멀었나 봐.
말해줄 때까지 기다리자.
지금은
우선
수도원으로….

알 료 샤~.

라키친

알료샤의 동료 신학생

신앙심은 없지만 출세하려
수도원에 들어왔다.

입이 가볍다.

에이, 그만 화내고
화해하자.
자, 보여줄게.
네 언니 글인데
안 읽어볼 거야?

… 댓글이 왜 이래?
왜 언니를
욕하는 거야?

꼭지가 돈 거지.
너 이반 누님의
글에 대해
하나도
몰랐구나?

필력이 좋으니 쉬쉬해 온 거지.
원래부터 글을 꽤나 아슬하게 쓰는
스타일이란 말이야.

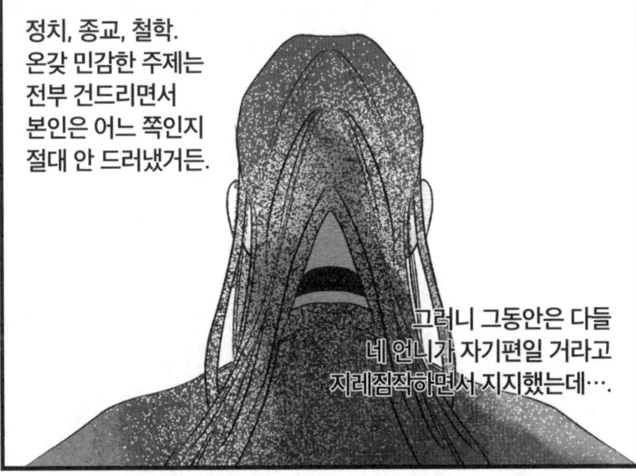
정치, 종교, 철학.
온갖 민감한 주제는
전부 건드리면서
본인은 어느 쪽인지
절대 안 드러냈거든.
그러니 그동안은 다들
네 언니가 자기편일 거라고
지레짐작하면서 지지했는데….

"… 그렇다면 나는 이제
아이들의 눈물로 지어진
천국을 거부하겠다."

"종교 없이는
질서도 법도 없다.
이제껏 사람들은
구원받기 위해
순종했지만—"

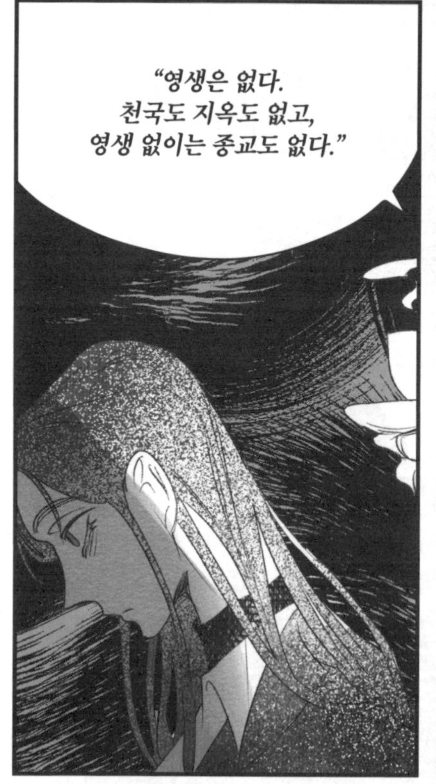
"영생은 없다.
천국도 지옥도 없고,
영생 없이는 종교도 없다."

"우리는
저 아버지를 끌어내려
죽일 수도,
신이
될 수도 있다."
"모든 것은 허용된다!"

내 칼럼을
그대로 외웠군.

스메르쟈코프,
넌 생각보다
똑똑하구나….

알료샤,
바보같이
당하고 살 거야?

예비 수녀의 언니가
무신론자라니,
이거 완전—
라키친,
근데 너랑
상관없잖아.
자.

어라...
막말로 우리 언니가
무신론자든 아니든
네 알 바야?
날 걱정하는 척하면서, 실은
내가 엉엉 우는 모습이라도
기대하는 것 같은데.

친구끼리
그러면 못써.
앞으로 네 성경 필사는
안 도와줄 거야.

다음 주
청소도
너 혼자 해.
뭐?
이만 방으로 갈래.

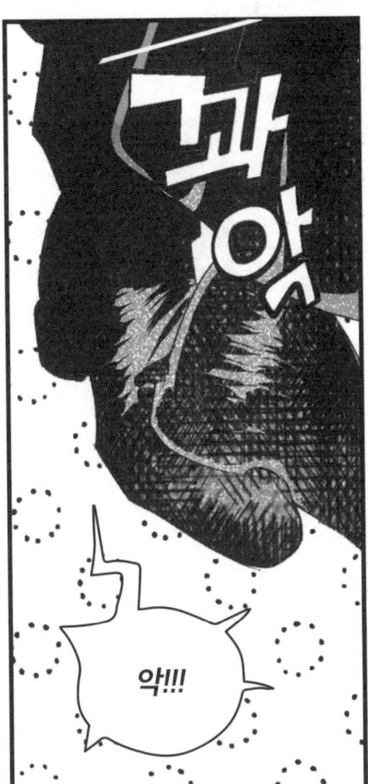
콰앙
악!!!

이,
알렉세이!
얌마!
콩
콩

피곤해.
오늘 하루가
너무 길다.

라키친 앞에선
일부러 강한 척했지만,
걱정되지 않는다면
거짓말이겠지.

언니들이 내게 숨기는
비밀이 있단 건…
역시 내가 못 미더운
까닭일까.

누구든 날 필요로 해준다면
참 기쁠 텐데….
응?
부스럭

맞다, 편지.
여태 읽어보지도
못했네.

이야~
추억이다.
설마 리즈가
날 기억할 줄은 몰랐어.
고작해야 재미없는
동네 언니였을 텐데….

친애하는

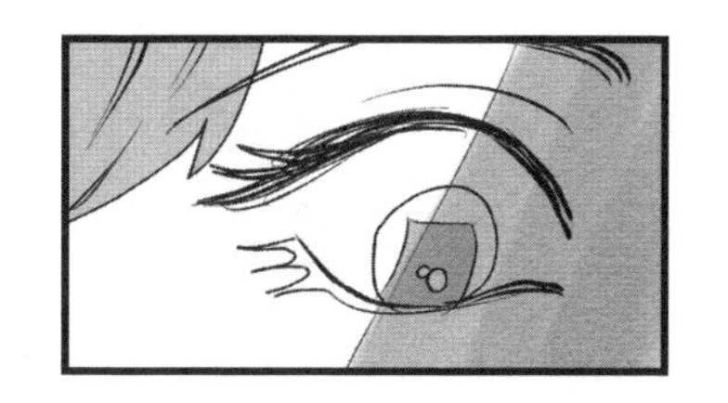

알렉세이에게.

아무도 모르게, 엄마조차 모르게 당신에게 이 편지를 씁니다.
이게 얼마나 나쁜 일인지는 잘 알고 있어요.

하지만 내 마음속에 생겨난 것을
당신에게 말하지 않고는 더 이상 못 살 것만 같으니,
이건 적당한 때가 오기 전까진 우리 둘만의 비밀이에요.

사랑스러운 알료샤.
내 마음은 영원한 짝으로
당신을 골랐습니다.

물론 당신이
수도원에서 나와야
우리가 맺어질 수 있겠죠.
내 나이도 법률상 문제고요.

당신이 나를 정말
안쓰럽게 여긴다면,

날 찾아올 때 내 눈을
너무 똑바로 보지
말아주세요.

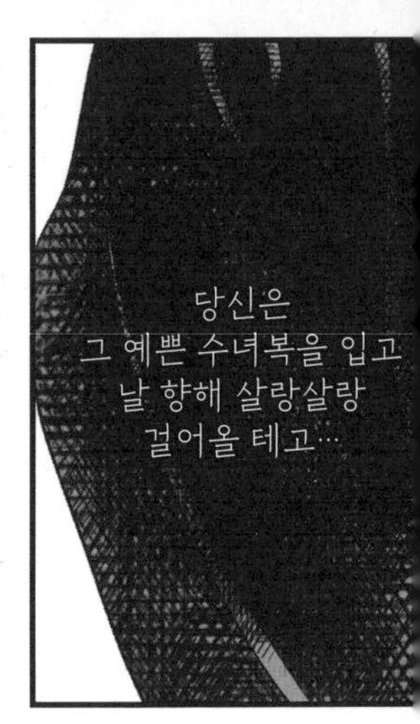

결국
연애편지를 써버렸네요.
날 경멸하지 말아주세요
내 명예는 훼손되었어요

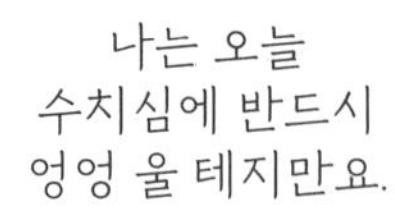

주소는 동봉해요.
내일 꼭 와주셔야 해요.
수녀님,
난 당신을 원해요.
걷잡을 수 없는
사랑을 담아,
당신의 리즈.

SISTERS KARAMAZOV

19
구 애

어쩜 좋지.
편지의 주소를 찾다가 처음 보는 골목까지 와버렸잖아.
얼마나 멀리 왔는지도 모르겠어….

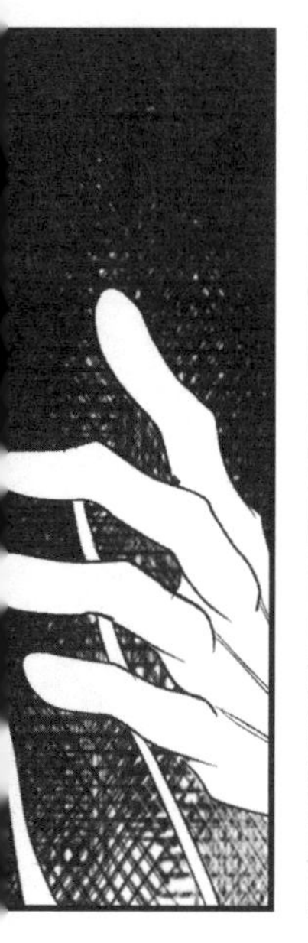

덥석

어… 얘야?
도움이 필요하니? 무슨 일….
야!

일류샤! 멍청한 짓 그만하고 당장 이리 안 튀어와?!

움찔!

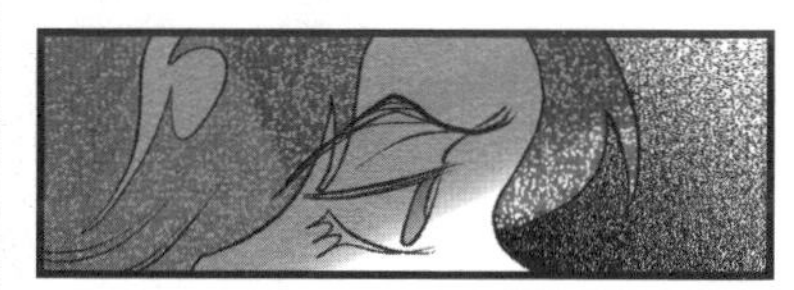

여럿이서 한 사람을 괴롭히다니, 비겁하게 무슨 짓들이야?

아줌마
까라마조프죠?
모르면 좀 빠져요!

저희는
지금 아줌마를
걱정하는 거라고요!
나를?
무슨 소리야?

당장 개한테서
떨어지세요!

콰악!

일류샤!!!

아악!

너 이리 안 와?!
퉤

꼴좋다!
까라마조프 따위
다 죽어버리라지!

저게 진짜!

콜라!
이 누나
피가 철철 나!
피다!

에이, 씨!

손 높이
들어요.
세게도 물렸네.
괜찮아요?
아, 으… 괜찮아.
저 애는 대체 누구니?

정말 모르세요?

당신 언니인 드미트리가
일류샤의 아버지를 길거리에서 때려눕혔어요.
그것도 일류샤가 보는 앞에서.

일류샤가 그때부터
충격을 먹었는지
음침해져서…

까라마조프에게 복수하겠다고 난리지 뭐예요.
요즘은 저희에게도 툭하면 시비를 걸어요.
꼭 누가 됐든 한바탕 싸우고 싶은 것처럼….

… 드미트리 언니가,
내겐 그렇게 상냥한 언니가
저런 어린애에게
상처를 줬다고.

뭐, 새삼
네가 가족에 대해
제대로 아는 게
있긴 해?
혼자 수도원으로
도망친 겁쟁이면서
뻔뻔하긴.

드미트리의 평판이 어떤지
정말 몰랐던 것도 아니면서
순진한 척하지 마.
알료샤, 결국 너도 똑같아.
이 이기주의자.

콜랴라고 부르세요.

난 여기 대장이고, 동네 아이들의 말썽은 대장인 내 책임이기도 하니까요.

니콜라이 크라소트킨

(콜랴)

아이들의 골목대장

또래에 비해 조숙하나
그만큼 고민이 많다.

호흘라코바 부인 댁에
가신다고요?
… 오늘 운수가
참 안 좋으시네요.

그 집엔
악마가 사는….
응?

… 아니다.
직접 보면 알겠죠.
잘해보세요.
여기서 사거리로
나가셔서….

악마라니?
내 기억 속
리즈는….

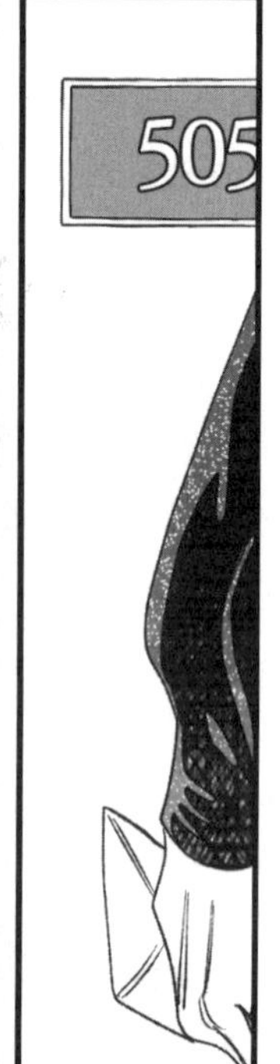
505

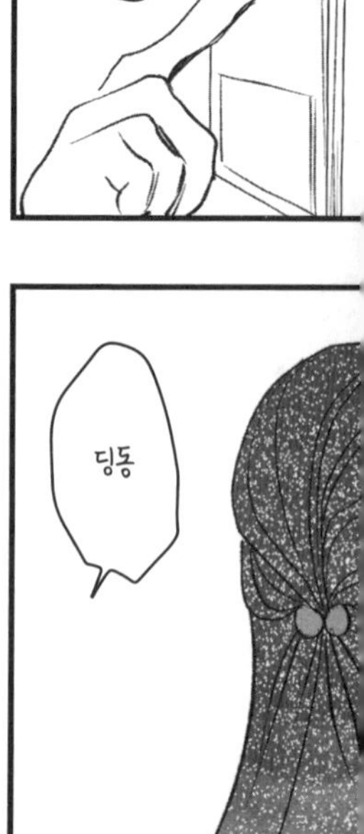
딩동
딩동

어서 오렴,
알료샤….
어머!

오랜만이에요, 부인.
초대해 주셔서 감사합니…
어, 왜 그러세요?
그게 중요한 게
아니고!

손에 피가 철철 나잖니!
다친 거야?
구급상자가 어딨더라….

엄마,
누가 다쳤다고요?
삐걱

리즈, 글쎄 네 손님이
피투성이로 왔지 뭐니!

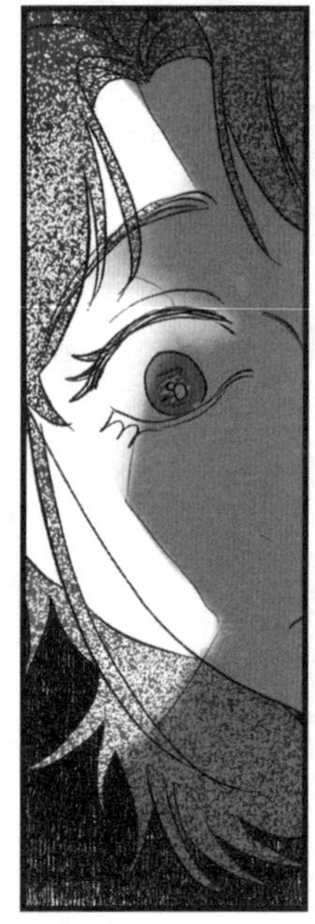

오랜만이에요, 리즈.
편지는 잘 받았….
제 다리를 보고
인사하시네요.
역시
없던 일로
해요.

안녕히 가세요.

리즈, 얘야!

성질하곤….
제가 잘못했네요.

너랑 연락이
안 되면서부터
부쩍 예민해졌어.
겨우 다시
밝아진 줄
알았는데….

일류샤도
원래는
밝은 아이랬지.
얘, 손부터
치료하자꾸나.

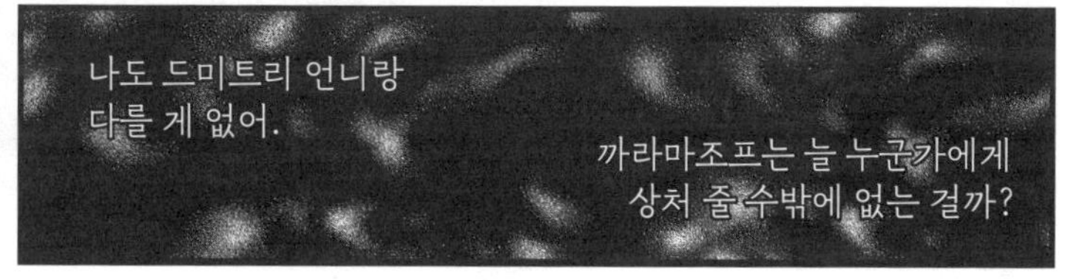
나도 드미트리 언니랑
다를 게 없어.
까라마조프는 늘 누군가에게
상처 줄 수밖에 없는 걸까?

아냐,
난….
부인, 붕대만
감아주시겠어요?
아무래도 제가 가서
다시 얘기해 봐야겠어요.

똑똑
리즈!
저예요, 알료샤!

무례를 저질러서 죄송해요.
하지만 편지에 대한 답을 전하고 싶어요. 얼굴 보고 얘기할 수 있을까요?

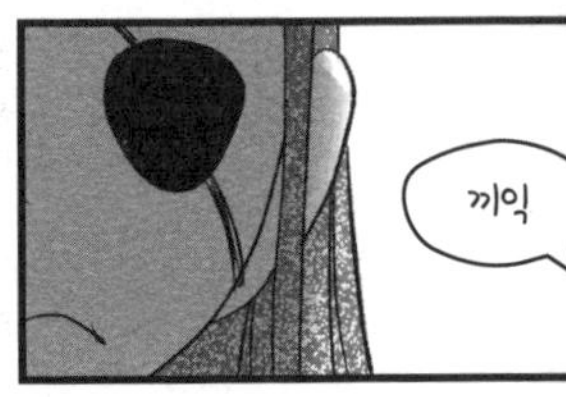
끼익

대답은 이미 들은 것 같은데요.
알료샤, 무리하지 마세요.
제 편지가 실은 불쾌했지만, 직접 거절해 주러 찾아오신 거죠?

아니요!

오히려 기뻤어요. 그 어느 때보다도.
이전까진 그 누구도 고백하면서 제게 선택권을 주지 않았어요. 절 알려고 하지도 않았고요.

날 온전히
바라봐 준 사람은
리즈가 처음이에요.

당신이 어른이 되고,
내가 수도원에서
나오면…
좋아요.

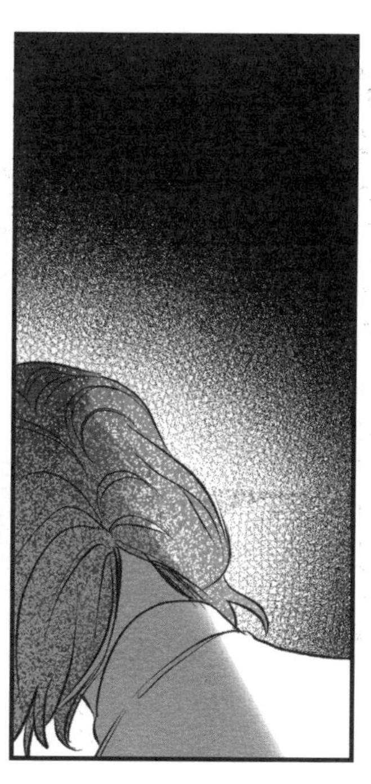

우리 그때
결혼해요.

… 하하.

아, 상냥한 알료샤.
고작 동정심으로
이런 큰 약속을 하다니요.
당신은 제 다리와
결혼하시나요?

용서해 줄게요.
당신은 늘 천사 같았죠.
내가 억지를 부려도
다 들어줄 걸 알고 있었어요.
난 두 발로
걷지도 못하고.

여잔데도 징그럽게
여자를 좋아하죠.
성격도 괴팍하기
짝이 없고요.
모두 내 변덕에 질렸지만…

그럼에도 내 다리를 보면
다들 친절해지죠.
난 결국 가엾은 환자니까….

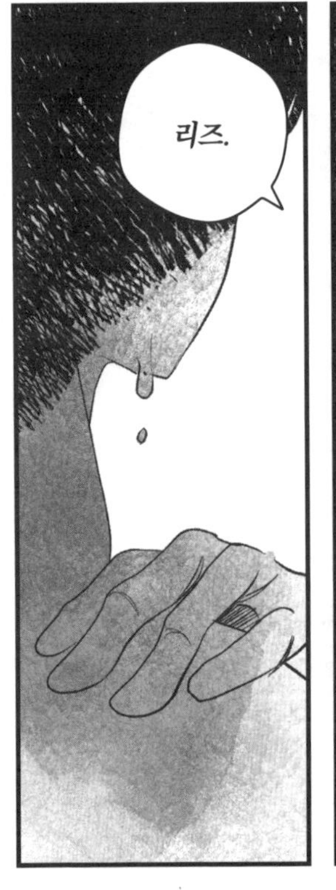
리즈.

나도 문제투성이
환자라면요?

… 거짓말.
어머니를 닮아 폐가 약해요.
어릴 땐 발작도 잦았고요.

그리고요.
남자애들과 연애라니,
도무지 관심이 생기질 않던데요.

난 말재주가 없으니,
리즈의 말을
인용할게요.
"내 명예는 훼손되었어요.
나는 오늘 수치심에
반드시 엉엉 울 테지만요."
"이 비밀을 당신의
손에 맡겨요."
당신이 생각하는
완벽한 천사가 아니라도,
나한테 기회를 줄래요?

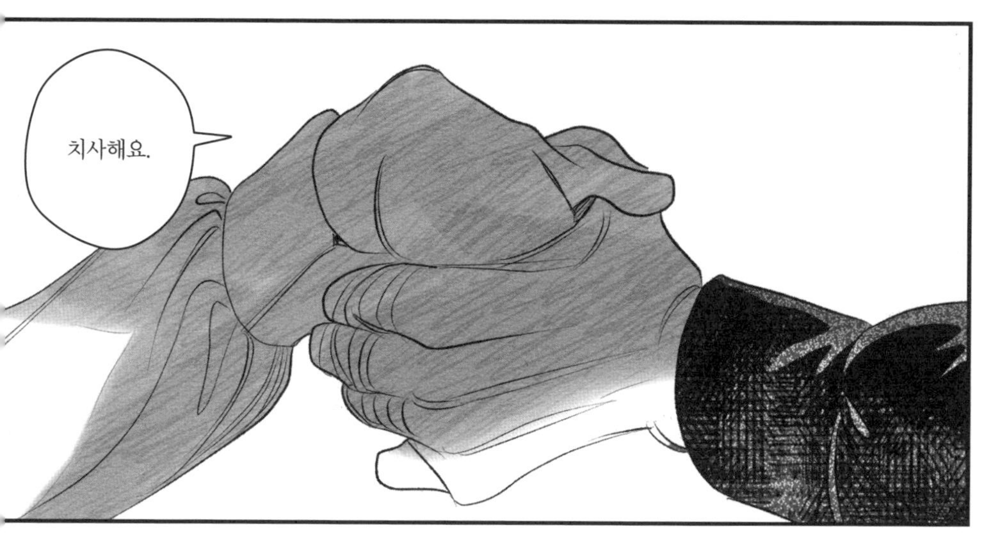
치사해요.

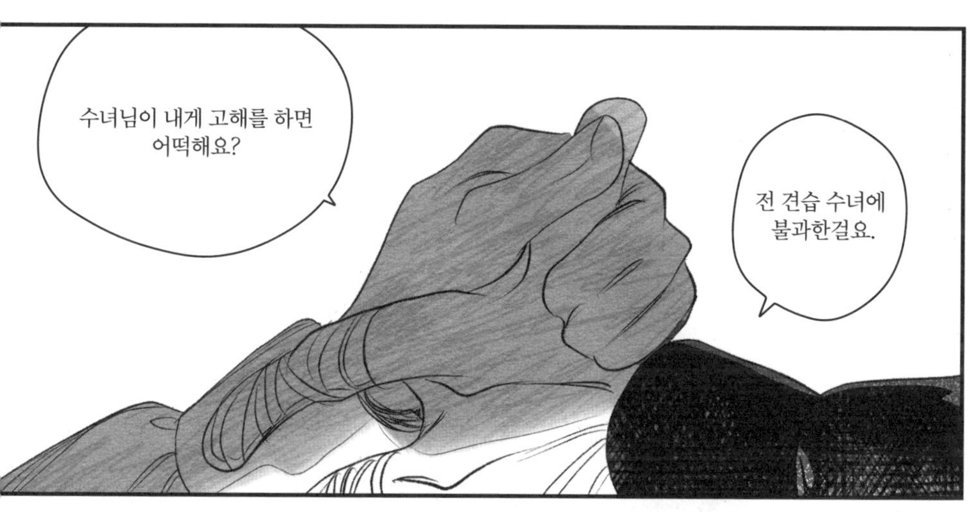
수녀님이 내게 고해를 하면 어떡해요?
전 견습 수녀에 불과한걸요.

세상에, 아직도요? 4년 전부터 견습이지 않았나.
그렇게 됐답니다, 꼬마 리즈. 이제 화는 다 풀렸나요?

언니가 하는 거
봐서요.

20

첫사랑

어머님, 잘 생각해 보세요.
리즈 양은 보기 드문
천재입니다.
시험 결과만 보자면
뇌 구조가 일반인과
아예 다른 수준이라고요.
그런데 열세 살이란 이유로
초등 교육을 받고 있다니,
본인도 얼마나 답답하겠어요.
이런 말씀은
실례가 될지도
모르겠지만….
리즈 양이
정말 또래와
잘 어울리고 있던가요?
무슨 그런
무례한 사람이
대학 교수라니?

열세 살을 대학에 보내라니.
엄마는 잘 모르겠구나.
늦둥이인 네가
똑똑한 아이보단
행복한 아이이길
바랐단다.
리즈, 얘야.
정말 대학에
가고 싶니?
그런 건
잘 모르겠고,
친구가 생겼으면
좋겠어요.

그게 왼쪽 눈으로 본 마지막 풍경이었다.

아무리 병원 봉사라지만
매번 이렇게 말동무를 하러
찾아오기 쉽지 않을 텐데…
알렉세이, 고맙긴 하지만
오늘도 우리 딸 기분이
썩 좋진 않단다. 정말 혼자
병실에 들어가도 괜찮겠니?
저 어린 것이
눈도 잃고 갑자기 못 걷는다니
얼마나 마음고생이 심할까.
차라리 그때 내가 다쳤어야….
그런 말씀
마세요!
이럴수록
부인이 마음을
단단히 먹으셔야죠!
게다가…
저희 제법 친해졌는걸요?
들어가 볼게요.

안녕하세요,
리즈!
오늘도
씩씩하네요.
아직 저랑
얘기하기 싫어요?

그럼!
말하고 싶어질 때까지
저번처럼 옆에서
기다릴게요.
당장 꺼ㅈ-
나도 문제집
가져왔지롱.
쉬운
중학수학
3
그리고
오늘은~
기다리기
심심하더라고요.
뭐 이런 뻔뻔한
언니가 다 있어?
으으음.
으으으으음.
훌쩍..

그 문제 답은 4번이잖아요.
그다음 1번,
5.
-2.
나 참, 나보다 언니라면서 이런 기초 문제도 못 풀어요?
조시마 장로님이 그래도 검정고시는 꼭 보라고 신신당부하셔서….
아, 저는 중학교를 자퇴했거든요.
세상이 기다려 주지 않을 텐데요.
안 무서워요?
다들 뭔가 해내는 동안 쓸모없이 혼자 뒤처질걸요.

다들 잘하는 게
다른 것뿐이죠.
쓸모없단 기준이
뭔데요?
저는 리즈보다
바보인 데다
딱히 잘하는 것도
없지만요.
그렇다고 제가
쓸모없단 생각은
안 해요.

시간은 많으니까,
살다 보면 저도
어떤 가치를 찾겠죠?
……
이 사람,
그냥 바보인 줄
알았는데
반짝거리는구나.

?
화악
하하.
그러고 보니 저한테
처음으로 말 걸어줬네요.

있죠, 괜찮으면
리즈가 나한테
공부 좀 알려줄래요?
동생한테 배우면
자존심 안 상해요?
리즈는
천재라면서요, 뭐.
부인이
딸 자랑을
많이 하셨어요.
… 엄마가요?
뭐든 혼자서 척척 해내니 기특한데,
자기 얘기를 통 안 해서
걱정된다고.
까먹고 있었어.
엄마의 기분이
어떨지.
내가 이렇게 된 걸
화풀이하기
바빠서….

난 정말
못된 딸이야⋯.
역시 리즈는 참
상냥하네요!
내가요?
저한텐
친절한걸요?
⋯ 앗!
으아아,
장로님이
저녁 식사 전까지
돌아오랬는데!
늦었잖아!

아.
그….
저,
언제 또 와?
저기.
왜 나한테
이렇게 잘해줘?
나랑
친구 해줘서
고마워요!
휘
내일 또
올게요!

뭐야 대체?!

역시 그냥 바보 아니야?

그동안 물건 던지고,
치료 거부한 거,
미안해요.
엄마 탓
아니라고요.
무서워서 그랬어요.
재활 시작하면 내가 장애인이 된 걸
받아들여야 할 것 같아서.
근데 그 수녀 언니가
그러더라고요.
자긴 나보다 바보지만
살다 보면 자기 가치를
찾을 거라고….
엄마 딸은
천재라니까…
휠체어 타는 것쯤은
금방 배우겠지?

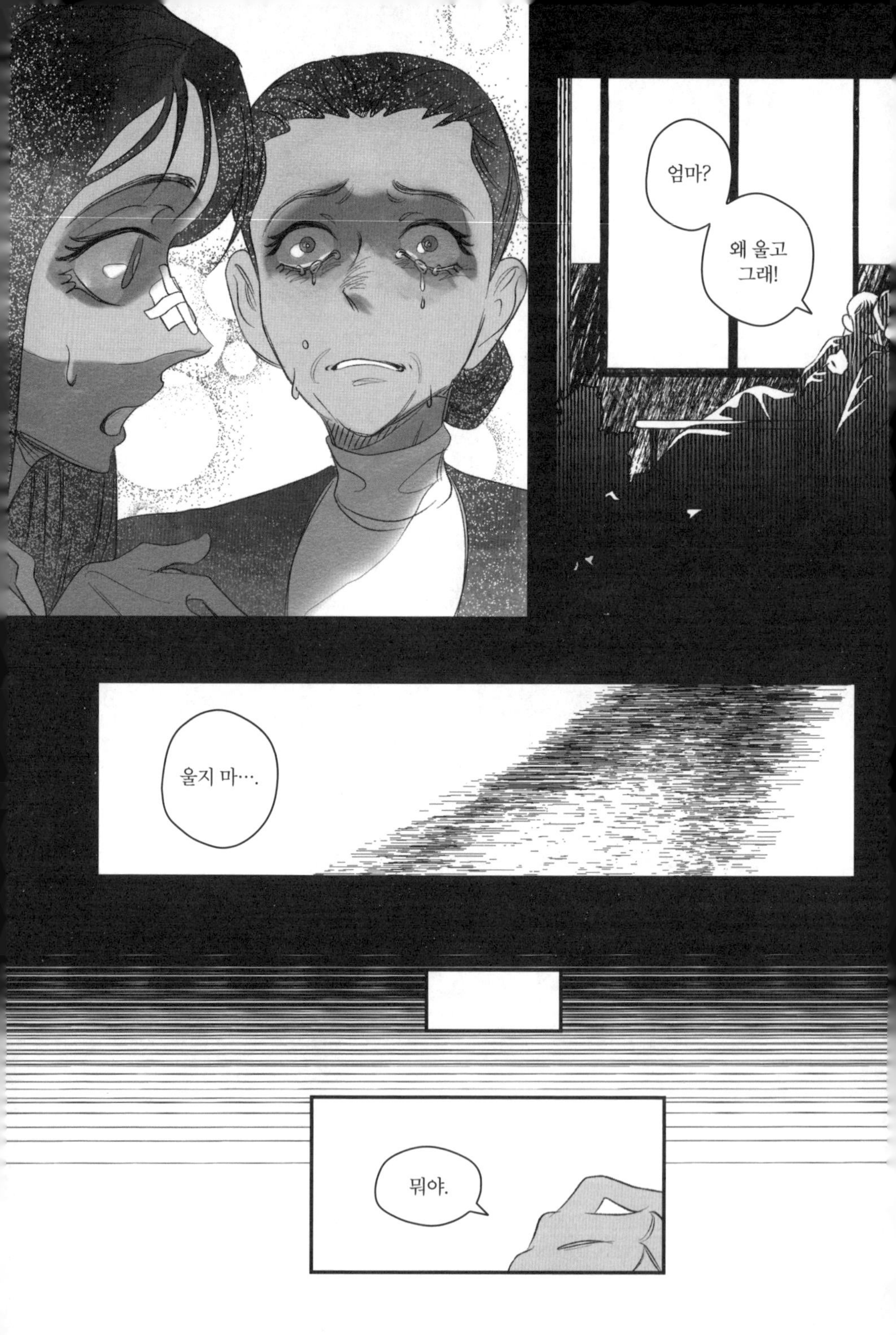
엄마?
왜 울고 그래!
울지 마….
뭐야.

그럼 나를
바보라고 생각했단
말이에요?
너무해!
그땐 언니나 나나
철이 없었잖아요.
언니는 변함없지만….

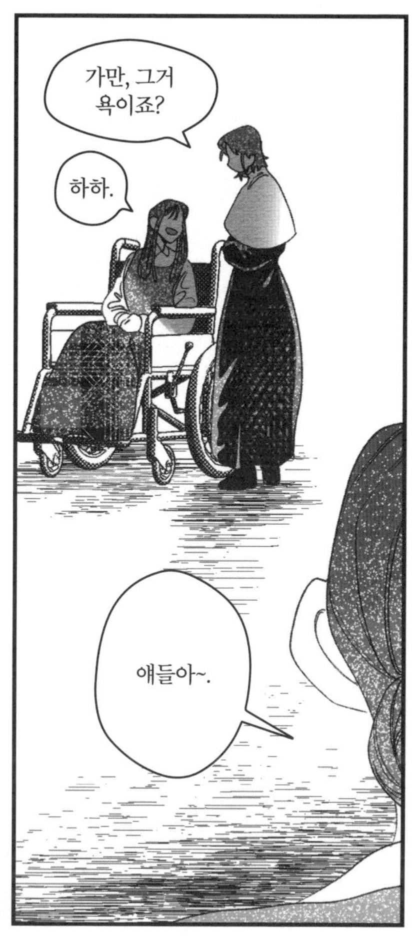
가만, 그거
욕이죠?
하하.
얘들아~.

밀린 수다도
좋지만—
쿠키를 구웠으니
응접실에서
같이 들자꾸나.
알렉세이가 온다니
아줌마가
힘 좀 썼지!
와!

참, 알렉세이.
손님이 더 있단다.
리즈,
천천히
가요~.

부인의 손님이세요?
사실 버터가 똑 떨어져서
잠깐 시장에 다녀왔거든.
누굴 만났는지
아니?
아마 너도
반가울 텐데?
장바구니도 들어주고.
너무 고마워서
덥석 초대했지 뭐냐.

알료샤.

이반 언니?

여기에서
다 만나는구나.

…랑 형부?

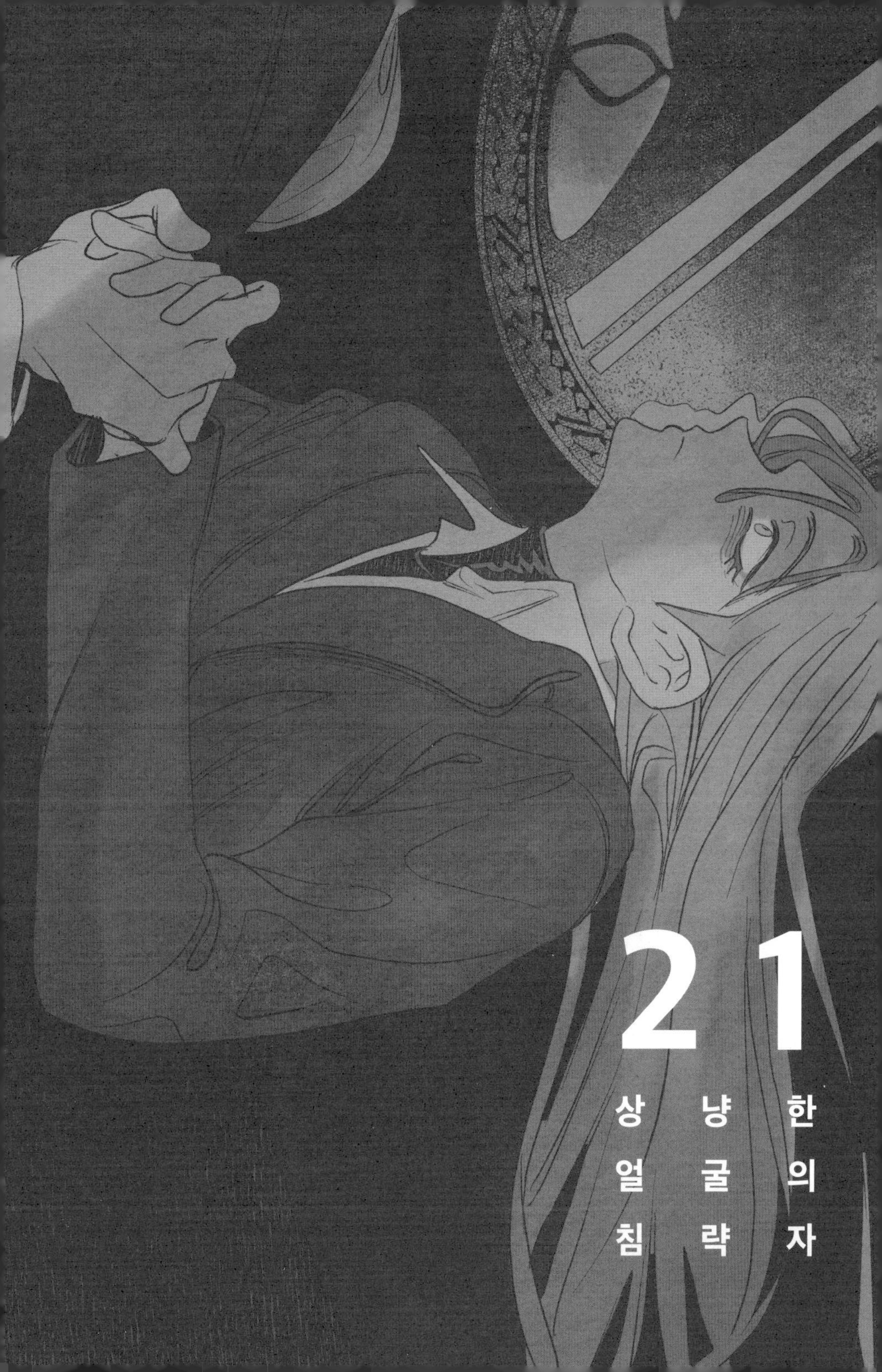
21
상냥한
얼굴의
침략자

데자뷔인가….

알료샤,
버찌잼은
안 먹니?

전에도
이런 불편한 삼자대면이
있었던 것 같은데….
너 어릴 때
아주 좋아했잖니.

리즈, 잠깐 부엌에서
엄마 좀 도와줄래?
손님들이
돌아갈 때
싸드릴 쿠키
고르자꾸나.
응? 알았어요.

부인,
친절은
감사하지만
불편해
죽겠어요…!

이반 양,
잠깐만.

입가에
묻었네요.

네?
… 아.

언니.

이 손수건으로 닦아.
안 그래도 만나면
돌려주려고 했어.

그날 수도원에
흘리고 갔더라.
내가
주워뒀어.
… 아.

어쩐지 아무리 찾아도
안 보이더라.
고마워, 꼭 찾고—

제가 준 게
그렇게나 마음에
들었어요?

더 좋은 걸로
선물할 걸
그랬네요.

"그럼, 알료샤.
언니가 사랑하는 사람이
선물해 줬거든."

알료샤,
알고 있었구나.
최악이야.

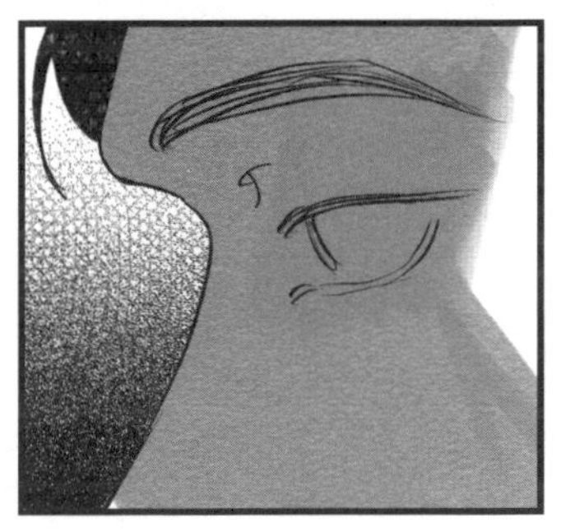

알료샤 양, 이반 양은 제게 소중한 친구랍니다.
그 손수건은 우정의 증표고요.

전 어릴 때부터
또래 친구가
없었거든요.
처제들처럼
좋은 사람들과
친구가 된 게 기뻐요.

절대 틀어지고
싶지 않아요.

이거였어?

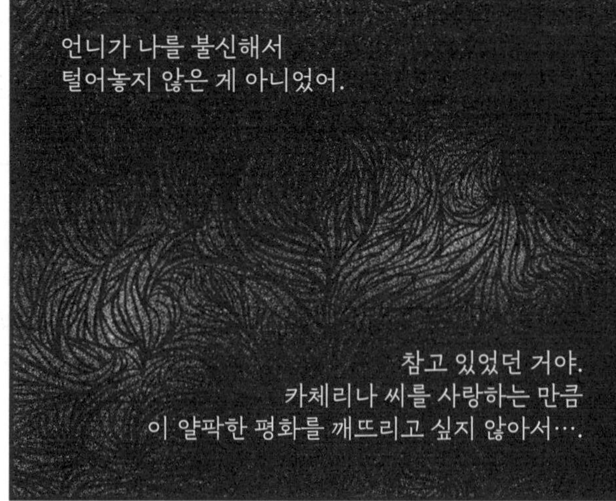
언니가 나를 불신해서
털어놓지 않은 게 아니었어.
참고 있었던 거야.
카체리나 씨를 사랑하는 만큼
이 얄팍한 평화를 깨뜨리고 싶지 않아서….

하지만
이 관계는
어딘가 이상해.
왜지?
카체리나 씨는
왜 이반 언니를
괴롭히는 거야?

내가 보기엔
카체리나 씨도
이반 언니를….

알료샤 양.

그날 저녁 그루첸카가
내게 저지른 모욕에 대해
고찰해 봤습니다.
반절은
맞는 말이었습니다.
내가 드미트리에게
해주지 못한 것을
그는 해주고 있죠.
그렇지만
계획도 책임도 없이
함께 망가지잔 게
진정한 사랑일까요?
그리고 깨달았습니다.
내가 드미트리를 위해
어디까지 갈 수 있는지.

남동생이 되어서라도, 그녀가 날 택할 때까지 곁에서 헌신할 겁니다.
그녀는 자유롭죠. 하지만 그 자유의 대가로 지금 겪고 있는 수모를 보세요.

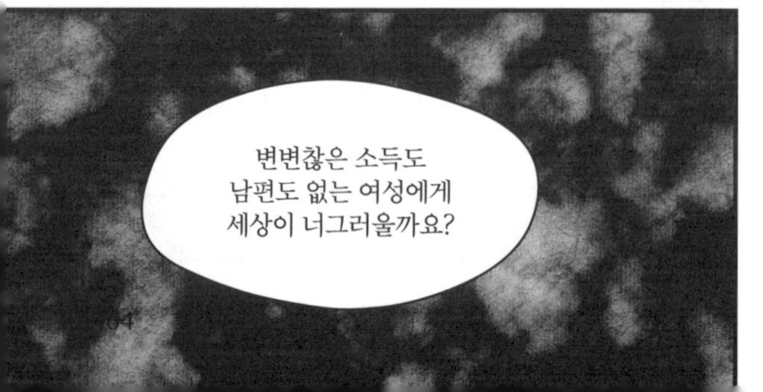
변변찮은 소득도 남편도 없는 여성에게 세상이 너그러울까요?

전 그녀가 걱정될 뿐입니다.

"아버지 말 들어. 애처럼 굴지 마. 카챠, 너 계산 잘해."

드미트리는 지금 잘못된 길을 가고 있어요.
미래가 보장된 나와 가정을 이루는 게 가장 현실적인 탈출구인데도….

그게
아들로서
네 역할이야.

그게
여자로서
기쁨 아닌가요?

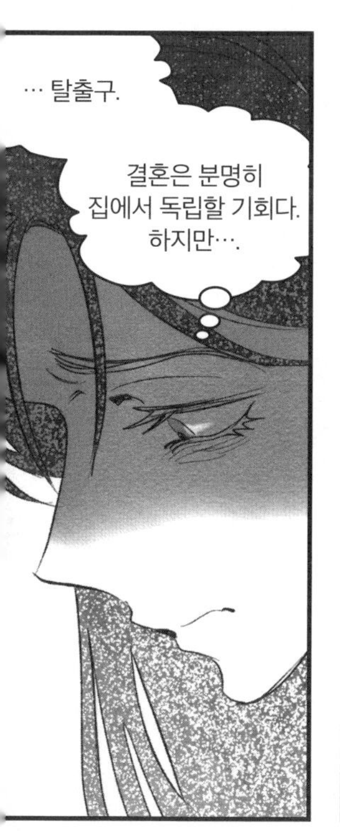
… 탈출구.
결혼은 분명히
집에서 독립할 기회다.
하지만….

아니요!

… 뭐라고요?
—그걸,

그걸 왜 당신이
멋대로 정해요?

그 논리면
나도 언니들도
허황된 사람으로
보이겠지만요!

우리도
스스로
생각하고
살아요!
세상에,
얘가 화내는 건
처음 보네.

실례지만,
아무래도 누군가는
당신에게 진실을
말해줘야겠네요.

카체리나 씨,
당신은 드미트리 언니를
사랑하지 않아요.
돌봐야 할 대상으로 볼진 몰라도,
대등한 사람으로서 사랑하는 건
아니라고요.

게다가
이반 언니의 연심을 알면서도,
언닐 괴롭히고 계세요.
하지만,
실은…

카체리나 씨도
이반 언니를
사랑하고 있지
않나요?

살룩

흡,

하하!

웃잖아?
하하하…
아, 우리 알료샤.
멋진 통찰력이지만 말이야.

카체리나 씨는
날 사랑한다고
인정할 수 없을 거란다.
부도덕한 사람이
되는 걸 못 견딜 테니 말이야.
내게 연애 감정을
느꼈더라도
약혼자의 여동생을
붙잡을 위인은
아니시겠죠.
당신의 그런 점마저
사랑했지만요….

미안합니다,
카체리나.
나는 그저 적당히
번듯한 남자가
필요했는지도 모르겠군요.

알료샤,
바보 같은 고백에
휘말리게 만들어 미안하지만
들어주렴.
혼자선
말할 용기가
도저히 안 났거든.

그때의 난…
내가 속한 세계에
지쳤었단다.

덕분에 살았어. 사례금은 섭섭지 않게 부쳤네.
오전 2:00

자네의 글 실력도 높이 사고,
입이 무거운 것도 아니까 맡기는 거지만…
오전 2:04

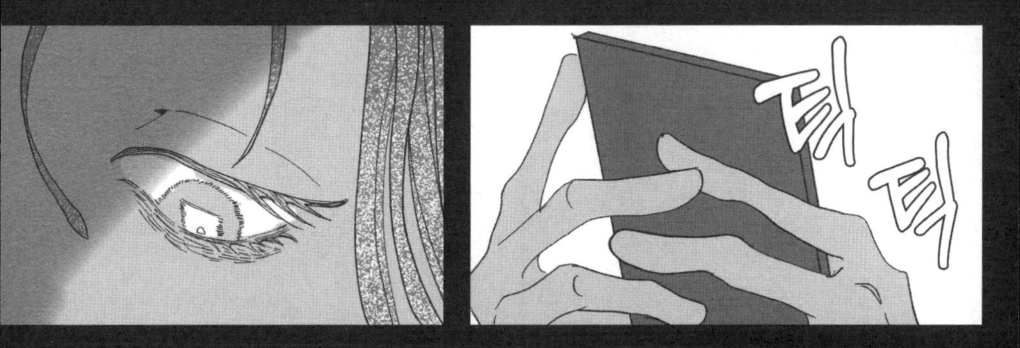

도 높이 사고,
도 아니까 맡기는 거지만…
오전 2:04

입 닥칠 테니까 걱정 마시죠.
마땅히 누설할 친구도 없고요.
후 1:13

베스트셀러 작가가
대필을 맡겨 차기작을 내다니.
누가 제 말을 믿겠습니까.
후 1:16

벌면
뭐 하나.
학자금 대출 이자랑
이달 생활비면
끝나는….
필명도
그렇고~
J.J 3년 만에 화려한 복귀
신작 [백야의 방문객]
처음엔 작가님이
여성분인 줄
알았어요.
섬세한 문장을
써내는 비법이
있을까요?

꼭 여류 작가만
세상을 따뜻하게 볼 수 있는 건
아니니까요.

하하. 맞습니다.
제가 작가님께
실례했네요.

자네 글은 뭐랄까….
살벌해.

극단적인 데다
화가 나있군.

젊은 여성이 썼다기엔
퍽 독특한 주제야.

우리 잡지사니까
계약은 하겠지만….

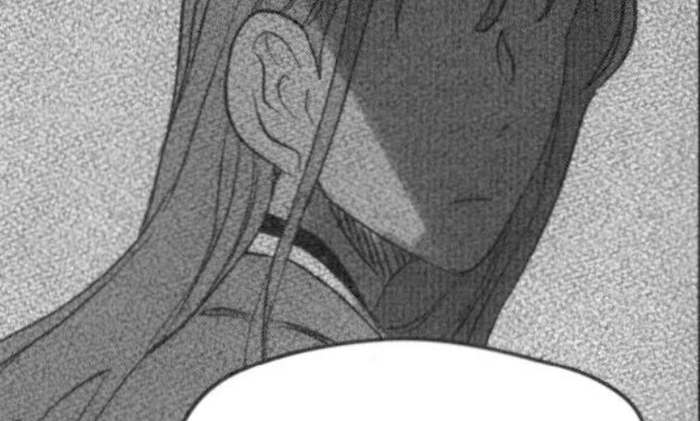

필명을 목격자로 정한 이유는
세상의 모든 끔찍함을
보고 싶었기 때문이다.

세상을 바꿀 수 있단
사명감에
차있었는지도 모르지.

돈이 급급해
대필이나 맡는 주제에
무슨….

빚 걱정 없이 집중할
여유와 기회만 있다면 나도,
저 정도는 얼마든지 할 수 있는데.

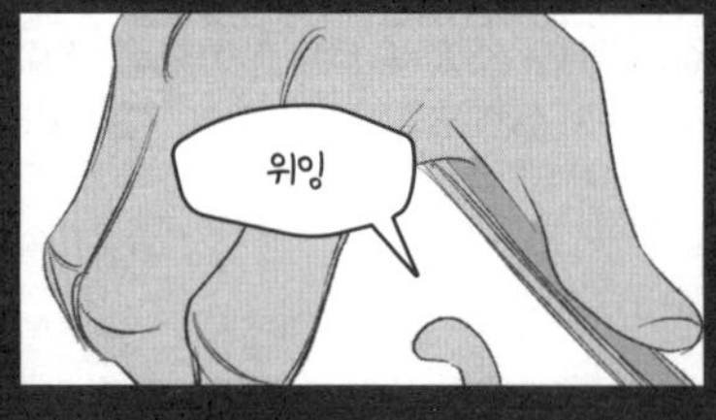

… 카체리나?
섭섭하네.
우리 친구 하기로
하지 않았나요?

토요일에 바빠요?
도와줬으면 하는
일이 있는데.

22
그는
스스로
뛰어들어

…저기,
카체리나.
네?
오늘 저희,
부쩍 커플로
오해받고 있지 않아요?

그랬나요?
그랬어요!
아까부터….
찾으시는 디자인 있으세요?
결혼반지 좀 보려는데요.
어머, 예비 신랑님이 훤칠하시다~.
신부님은 참 좋겠어요.
커플 세트는 할인되는데~.
저희가 커플 손님에겐 무료 케이크를 제공하고 있어서~.
대체 왜들 남녀가 같이 있으면 커플로 엮고 싶어 안달일까요?
그러게요.
근데 이 케이크 진짜 맛있어요.
피곤해서 됐어요….

이제 저랑 놀기 싫어졌어요?

이 인간, 분명히 지가 예쁜 걸 알고 있구먼.
얼굴 믿고 알차게 쓰는 것 봐. 은근히 열받네….
아니요.

부담됐다면 미안해요.
한번쯤은 또래 친구랑 이렇게 허물없이 놀아보고 싶어서….

음, 직접 말하자니 부끄럽지만…
명색이 대기업의 도련님이니까, 후계자 수업으로 늘 바빴거든요.
친구를 사귈 시간이 거의 없었어요.

학교 동기들은요?
쫓기듯이 다녔으니 친해질 겨를이 없었죠.
아버지가 조기 졸업을 원하셨거든요.

다 가진 줄 알았는데, 이런 건 나랑 비슷하네.
좀 짠한 것 같기도…
아무튼, 오늘 도와줘서 정말 고마워요.
결혼반지를 고르는 것 말이에요.
여자들 손 사이즈는 혼자선 가늠이 잘 안 돼서….

깜빡
난 드미트리의
대역이었군.
하긴 언니랑
카체리나 씨는
지금 냉전 중이니까.
하지만….

그 반지는
아마 드미트리의 손엔
안 맞을걸요.
언니와 난
손가락 굵기부터
다르니까.

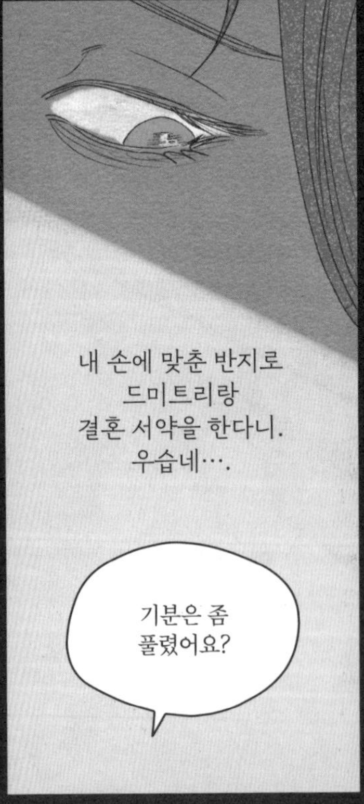
내 손에 맞춘 반지로
드미트리랑
결혼 서약을 한다니.
우습네….
기분은 좀
풀렸어요?

네?

통화할 땐
화난 것
같던데.

화악
아!
그게,
발신인이
다른 분인 줄
알고….
무슨 일인지
물어봐도 괜찮아요?
내 것을
뺏겼거든요.
그 기분
이해해요.

어딜 감히
내 것에
손대요?
빳긴 건
무슨 수를 써서든
되찾아야죠.
… 하하,
전 그렇다고요.
너무 잘난 척
같았나?

기분 탓이 아니야.
방금 그건….
드미트리와
그루첸카를 빗댄
명백한 적의다.
은근히 꼬여있네.
저 성격을 참고 사나?

유학 시절에도
저런 부류
많이 봤지.
고상한 척하지만,
남의 손을 빌려서라도
당한 건 철저히 갚는
족속들.
하물며 이자는
실행에 옮길
권력도 돈도 있다.

깊이 엮이지
않는 게 상책,
이지만….
이반 양을
보고 있으면
말이죠.

우리가
영혼을 나눈 것처럼
닮았단 생각이 들어요.

저,
이만 들어가…
줄 선물이 있어요.
아까 반지를 고를 때 보고 있길래.
당신이랑 잘 어울릴 것 같아서요.

너무 비싼 선물
같은데요.
저한텐 별거
아닌걸요.
채워드릴게요.
잠시만요.

목이
하얗네요.

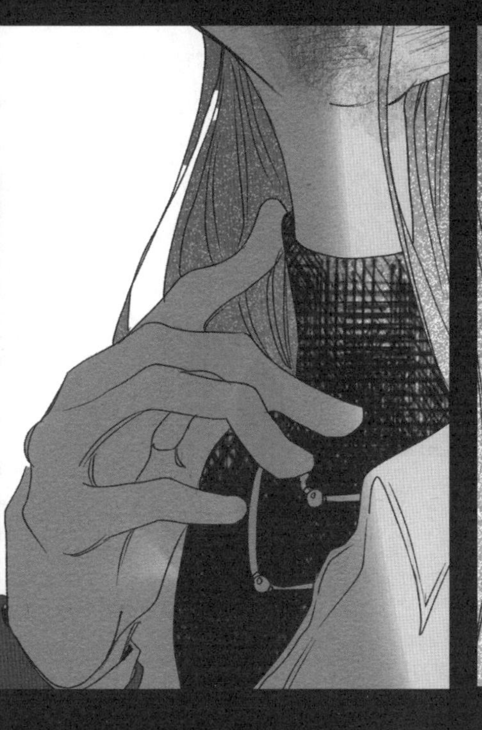

역시 둘이
잘 어울릴 것 같더라.

그렇죠?

… 네.
둘이 잘 어울려요.

생각해 보니까,
반지 말고도 사야 할 것이 많아요.
다음 주에 또 만날래요?

수많은 뱃사람이
파멸의 경고를 들었음에도
*세이렌에게 다가갔다가
익사했다.

그들이
사리 분별을 못할 만큼
멍청해서였을까?

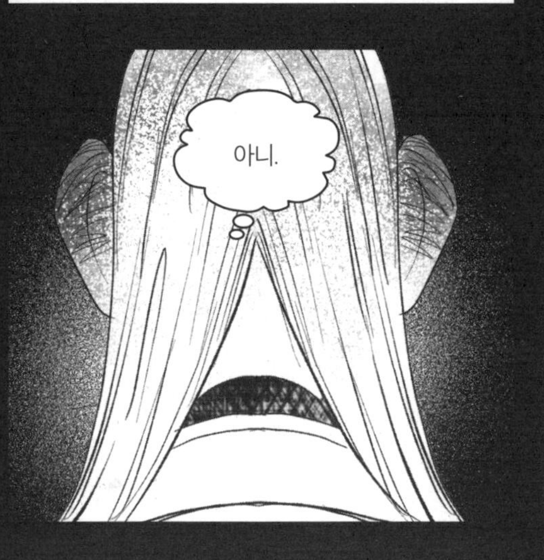

그 사람들은
누구보다 똑똑했어.

단지 문제가 되기 전에
멈출 자신이
있었을 뿐이야.

이반은 처음으로,
자신의 비이성이
속삭이는 소리에
굴복했다.

*세이렌: 지나가는 선원들을 노래로 유혹해 바다에 빠져 죽게 하는 신화 속의

좋아요.

SISTERS KARAMAZOV

23
시작한 적 없는
원정에 대한
회 고 록

이반 아가씨,
요즘따라
외출이 잦으시네요.
뭐라고?
들떠 보이세요.
꼭 드미트리처럼….
글은 쓰지
않으시나요?
아가씨답지
않아요.

영리해지세요.
다치기 전에.

*카산드라의
불길한 예언은
아무도 귀담아듣지
않았다지만,

이반은
스메르쟈코프의 예언을
기억하긴 했다.

뭐라는 거야,
음침한 녀석.

말이 잘 통한단 건
축복이자 저주
같았다.

카체리나와 이반은
일주일 중 단 하루를
함께했는데

나중엔
그 하루를 위해
일주일을 견뎠다.

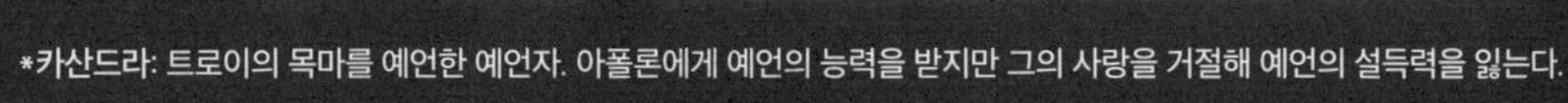

*카산드라: 트로이의 목마를 예언한 예언자. 아폴론에게 예언의 능력을 받지만 그의 사랑을 거절해 예언의 설득력을 잃는다.

그 이상도 그 이하도 아니니 괜찮아….

자연은 잔인하죠.

오목눈이는 제 둥지의 침략자,
뻐꾸기에게 헌신합니다.

커피 맛은 괜찮아요?
아, 네.

… 전에 말싸움 중에 드미트리가 커피포트를 집어 던진 적이 있어요.

산산조각이 났죠.
함께 고른 혼수였는데….

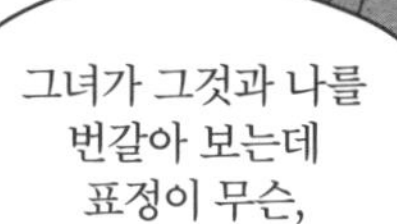
별말 없이 같은 걸로 다시 사뒀더니
그녀가 그것과 나를 번갈아 보는데 표정이 무슨,
날 괴물 보듯….

사랑스러운 새끼가
실은 끔찍한 남이란 사실을
받아들이기 싫었던 건
아닐까요?

그러니
날 좋아해 주는 사람들을
곁에 둘 수밖에요.
내가 드미트리의
동생이 아니었어도,
우리가
친구였을까요?

카체리나는 끝내 대답하지 않았다.
카체리나는 대부분 그런 식이다.

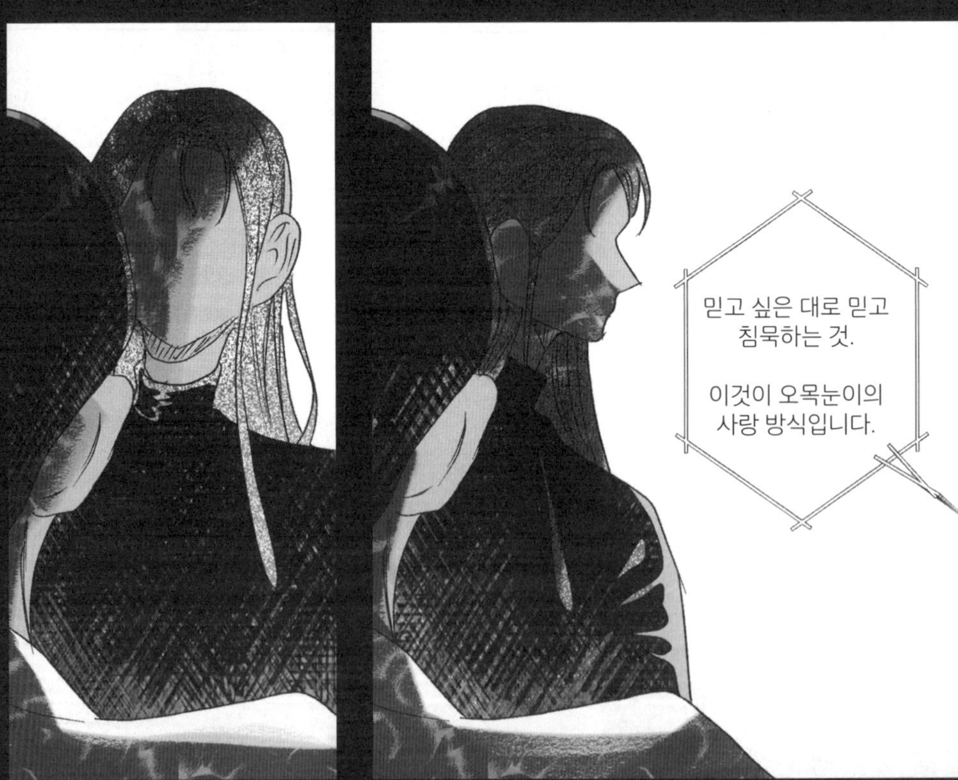

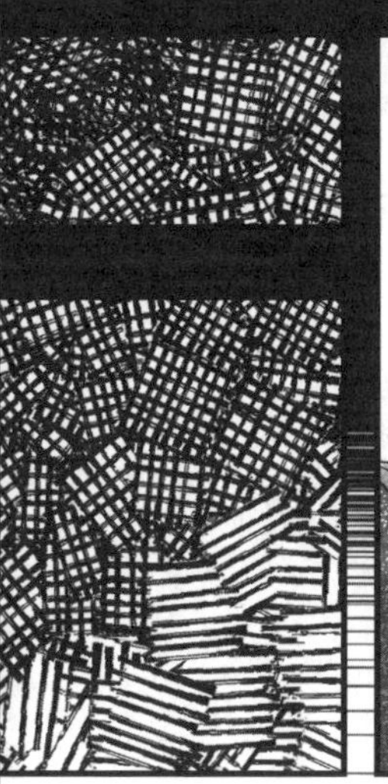

이반….
카체리나.

나는 많은 것을 참으며 살아왔습니다만,
스스로 왜소해지는 기분만큼은 견딜 수 없더군요.

우리가 보냈던 즐거운 시간은
나날이 역겨워지고 있습니다.
내가 당신을
사랑하기
때문이겠죠.
그래요.
결국 말해버렸군요!

언니….
걱정 마, 알료샤.
지금 이 고백은 시작이 아니라 끝을 위한 고백이야.

이제 더 이상의 일탈은 없을 테니까.

카체리나, 나는 사흘 후에 이곳을 떠납니다.
그리고 다시는 당신과 만나지 않을 겁니다.

이반!

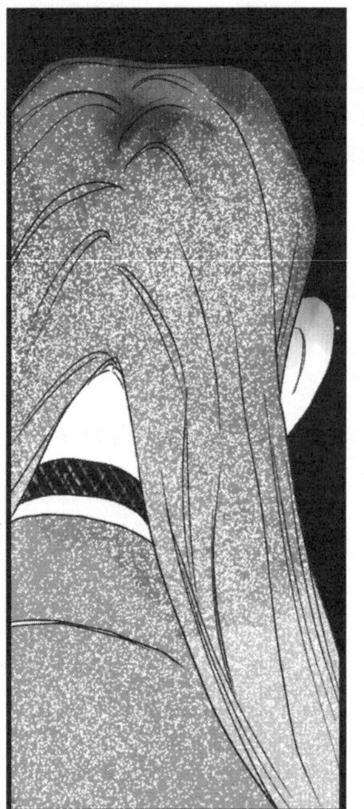

미안합니다.
부디 날 미워하지
마세요.

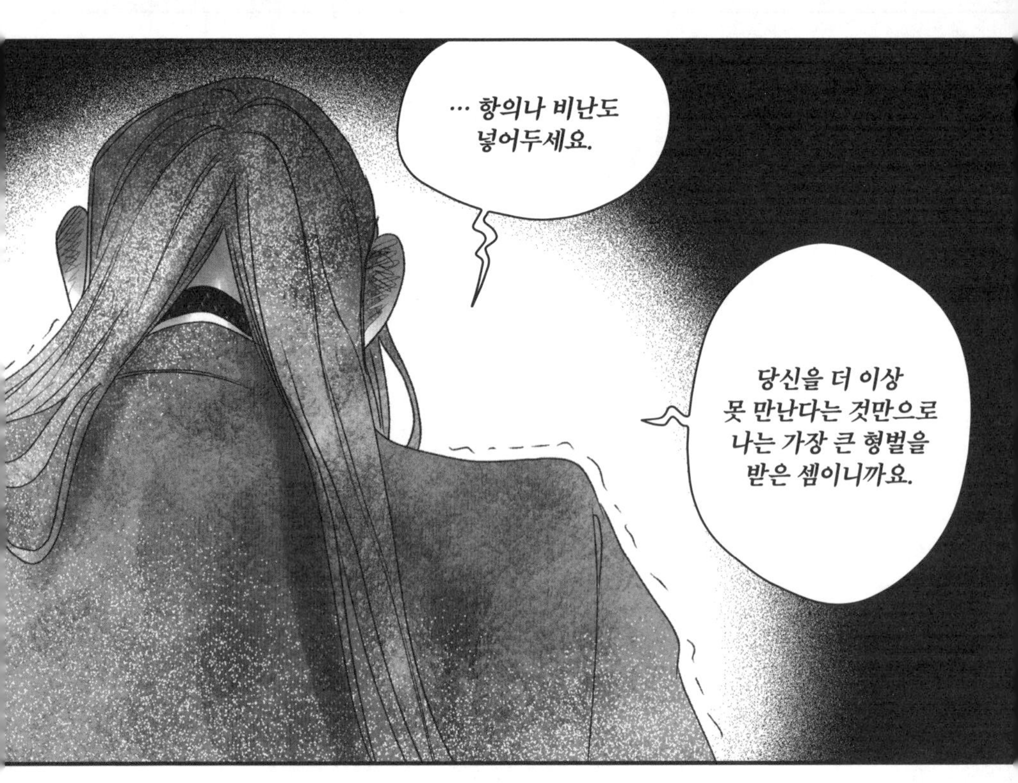
… 항의나 비난도
넣어두세요.
당신을 더 이상
못 만난다는 것만으로
나는 가장 큰 형벌을
받은 셈이니까요.

알료샤.

네게 떳떳한 언니로 남고 싶었어.
멈출 수 있는 기회를 줘서 고맙구나.

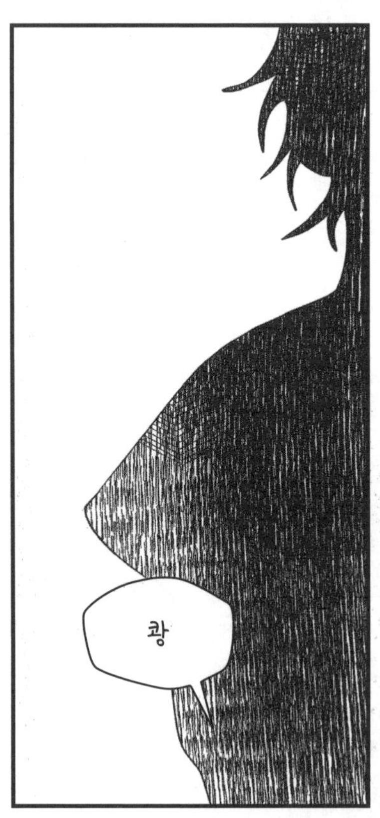
콰

··· 제가,

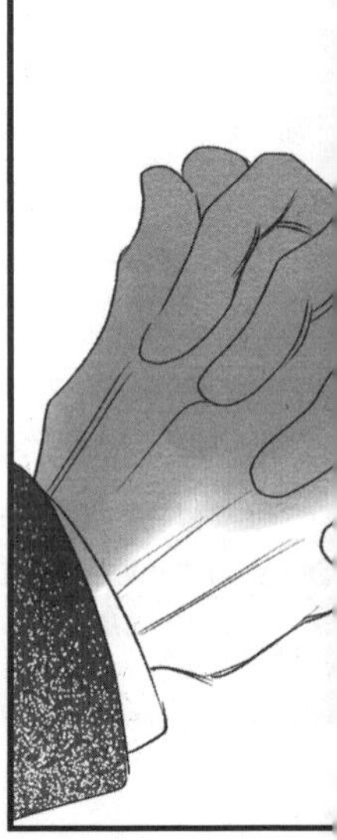

제가 지금껏 대체 몇 명에게 상처를 입힌 걸까요?

알 수 없겠죠. 모든 걸 직접 바로잡기 전까진.

… 바로잡을 일이
하나 더 있어요.

사실 이 골목을 찾아온 건
약혼자로서 드미트리의 잘못을
책임지기 위해서였습니다.
드미트리가
일류샤 군의 아버지를
길에서 때려눕혔다죠.

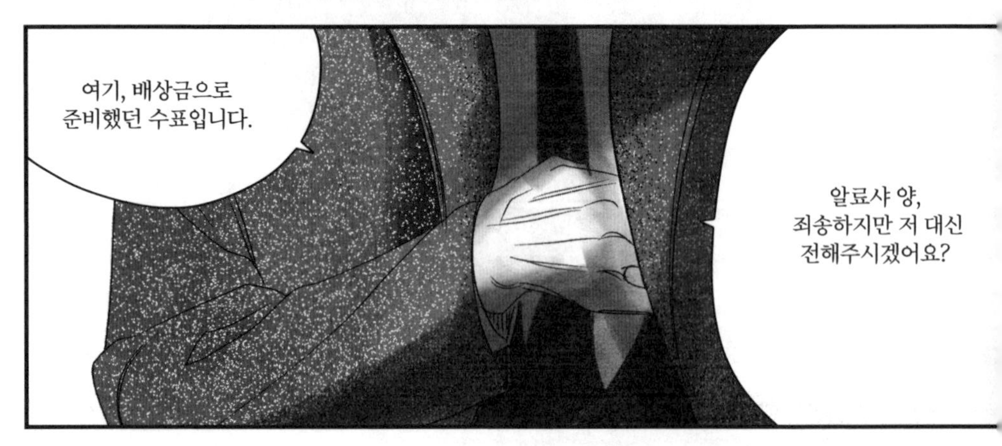
여기, 배상금으로
준비했던 수표입니다.
알료샤 양,
죄송하지만 저 대신
전해주시겠어요?

… 하하.
뭐랄까,
원래 계획대로라면 제가 직접 가야 마땅하겠지만,

잘해 보려고 하는 것마다
제가 또 전부 망쳐버릴 것 같아서….

그래요,
다녀올게요.

괜찮아질 거예요.

SISTERS KARAMAZOV

24

계획이란 아무 소용없어

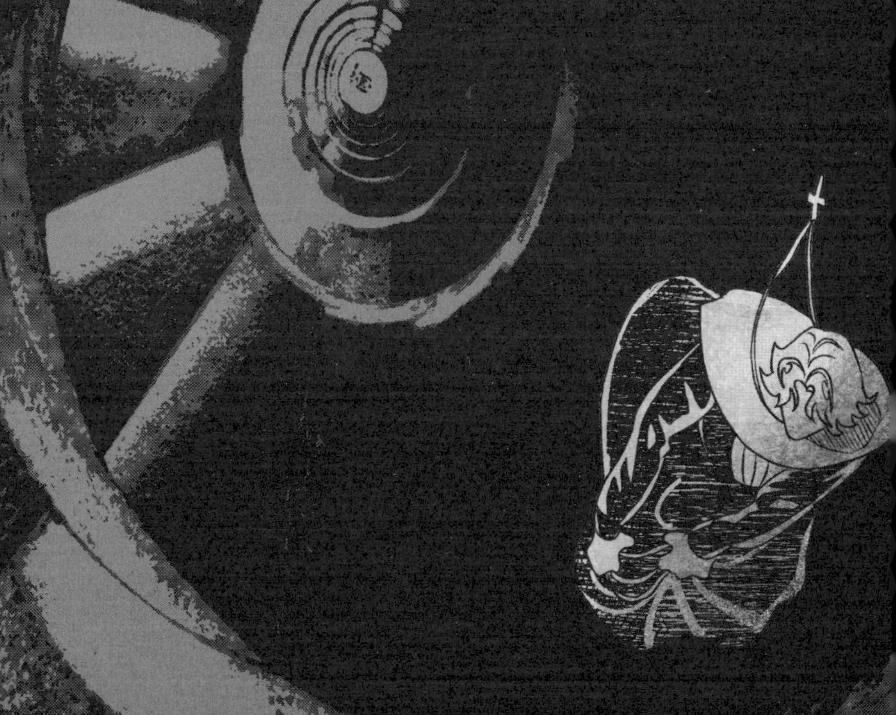

리즈!
이만 가봐야
할 것 같아요.

아버지
XXX XXXX XXXX
위잉

벌써요?!

네, 아버지.
일류샤의 집에
가보려고요.
지금은
제 손님이잖아요.

네?
물론 리즈가 소중하죠!
다음에 또 올게요.
미안해요.

그럼 지금
뽀뽀해 줘요.
부끄럽게
무슨 소리예요!
흥!

기, 바쁘신데 죄송하지만
저 먼저 가보겠습니다.
아버지가 찾으셔서…
알료샤 양에겐 부탁만 드리고
면목이 없네요.

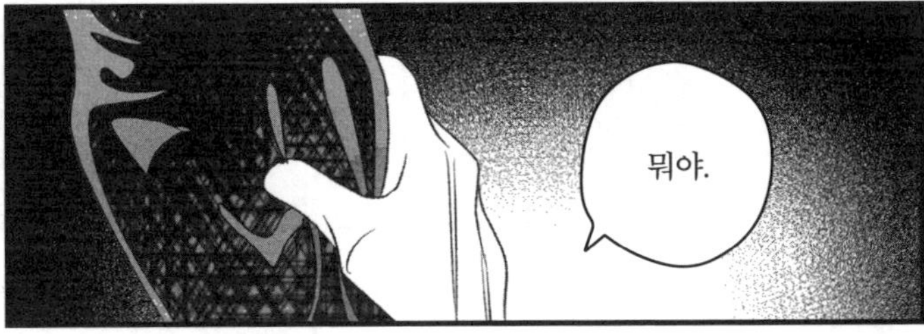
뭐야.

엇,
어,
괜찮아요!
드미트리 언니의 일은
제 일이기도 하니까.
정말 감사드려요.
그럼 이만….

둘이서
나만 따돌리고
무슨 얘기를
한 건데요?

아, 그게…

그게
뭐야.

나라면
절대 용서
안 해줄걸요.

네?
오독
문제 풀이
순서가 완전히
틀려먹었잖아요.

용서를 구한다고
뭐 무조건 구해지나요?
해주는 사람 마음이지.
푹
여, 역시 똑똑하다.
맞는 말이야….
배상금이면
당연히 해결되리라
여기는 모양인데.
맞은 사람 입장에선
괘씸할 수도 있죠.
푹

변수가
둘 있겠네요.

첫 번째,
알료샤,
당신이에요.

저, 저요?
제가 왜?
몰랐어요?

알료샤는 사람들을
움직이는 힘이 있어요.
당장 나도 바뀠잖아요.

글쎄요.
아무래도 리즈가
저를 과대평가—
어허, 겸손 금지!
알료샤는 가만 보면
자길 너무 낮춰요.
그야 난 대단한 사람이
아니니까요.

아무튼, 언니라면
스네기료프 씨를
달랠 수 있을지도
모르겠지만—

두 번째 변수는
일류샤예요.
그 앤 까라마조프를
정말 증오하거든요.
만나봤으니 알죠?

살의가 아니고서야
그렇게 깨물겠어요?
이번엔 무슨 꼴을
당할 줄 알고
겁도 없이 간다는 건지….

꾸왁
… 그래도,

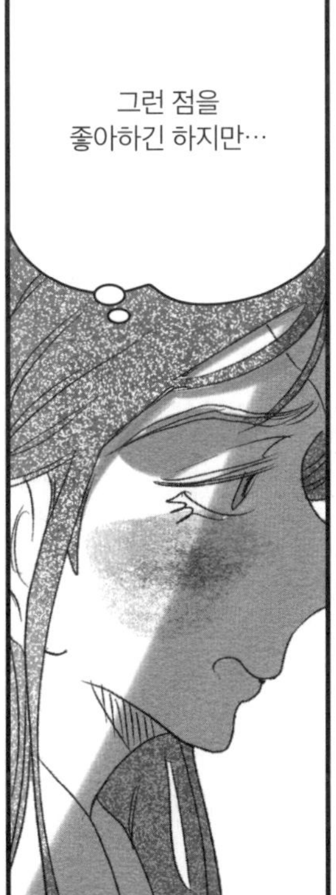

글쎄, 내가 아는
일류샤라면 분명…….

배상금이요?

아, 네.
저희 언니가
저지른 무례를
사과하러…
스네기료프 씨,
다시 한 번
진심으로—
아빠.

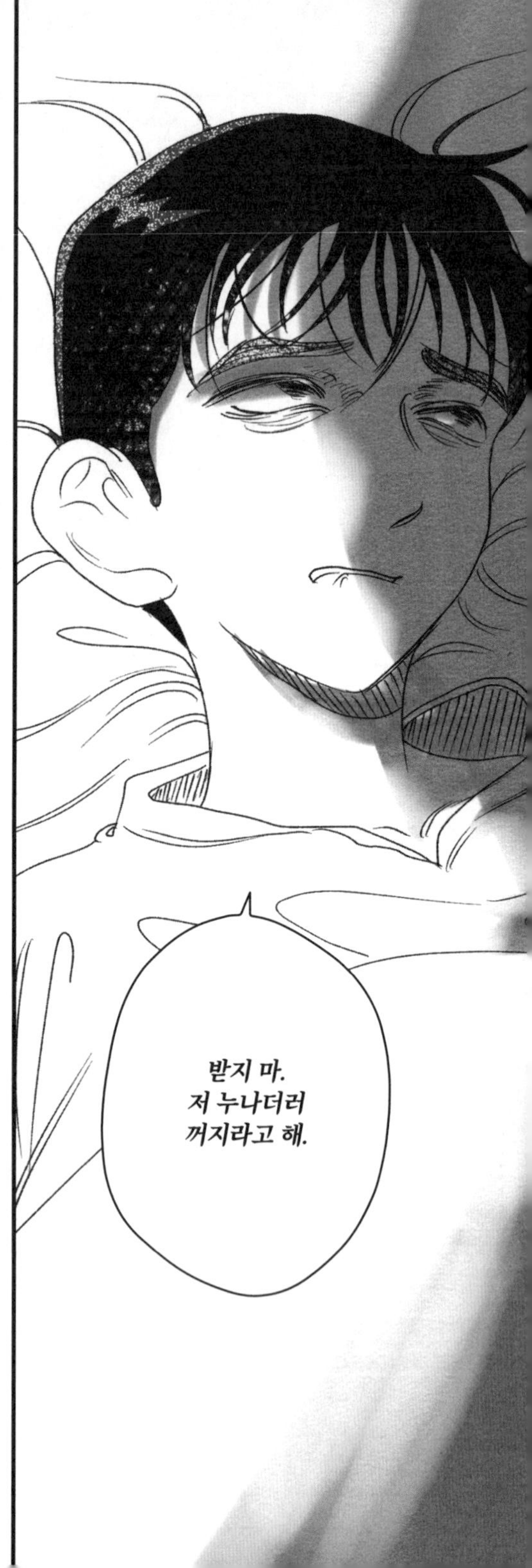
받지 마.
저 누나더러
꺼지라고 해.

뭐?

너 그게 무슨
말버릇이야.
저기,
아빠가 널 그렇게
가르쳤어?
스네기료프 씨!

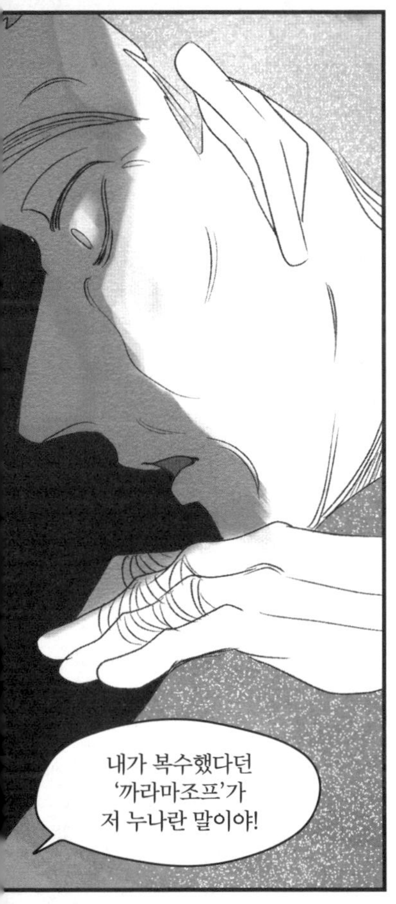
내가 복수했다던
'까라마조프'가
저 누나란 말이야!

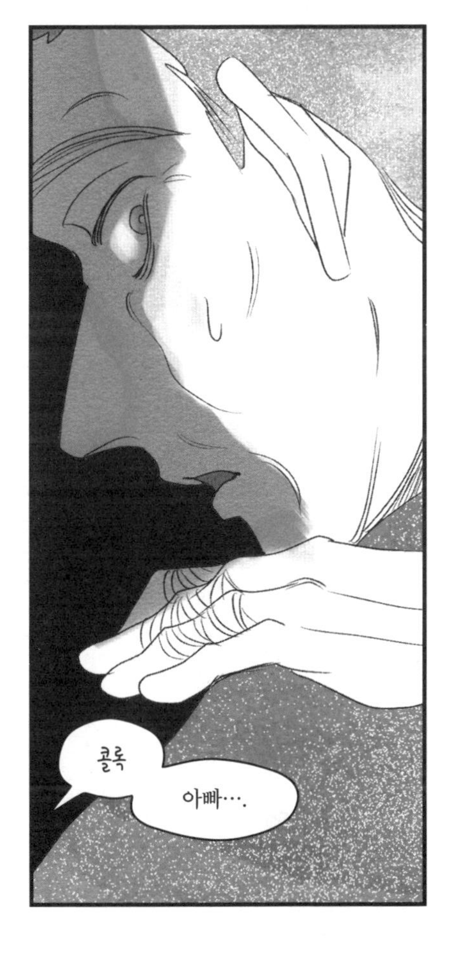
콜록
아빠….

날 봐서라도
받아주지 마….

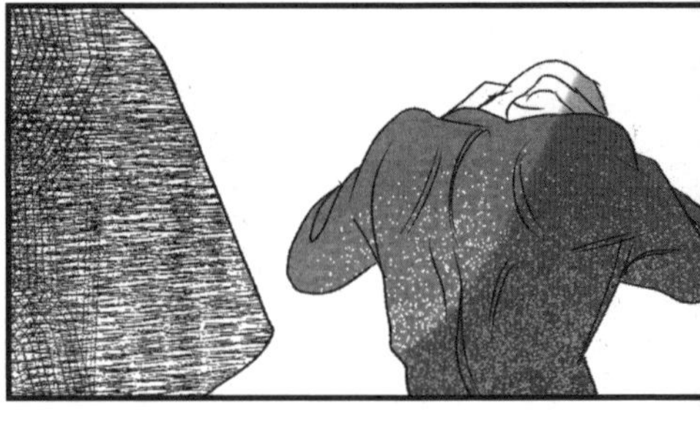

… 나가서
얘기하죠.

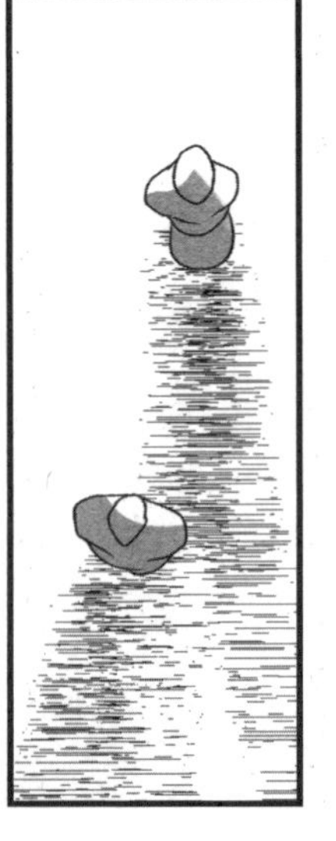

…… 아들 일은
정말 죄송합니다.
성함이—
알료샤라고
부르세요.
그래요,
알료샤 양.

보다시피 제 아들놈이
많이 아픕니다.
애 엄마를 닮았는지
손쓸 틈 없이 앓기 시작했는데,
이 애비란 놈이 병원비 하나에
휘청거려서…
말씀하신 돈을 받으면
생계 걱정이야 덜겠죠.

그럼—
그런데요.
그걸 받아버리면
우리 애가
죽을 때까지
날 미워할걸요.

그것만은
견딜 수 없어요.
헛걸음시켜 죄송합니다.

… 자식을 정말
사랑하시는군요.

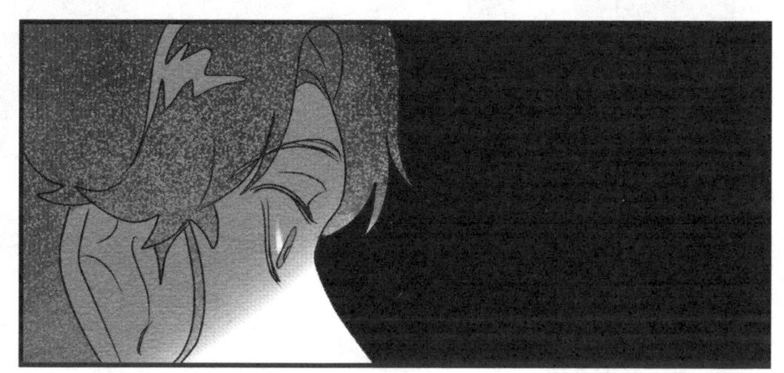

자신의 가족이
보편적이지 않다는
사실을 깨달을 때마다
가슴이 시큰거렸다.

왜 어떤 상식은
우리에게
당연하지 않을까?

언니들은
언제부터
아버지를
체념했을까.

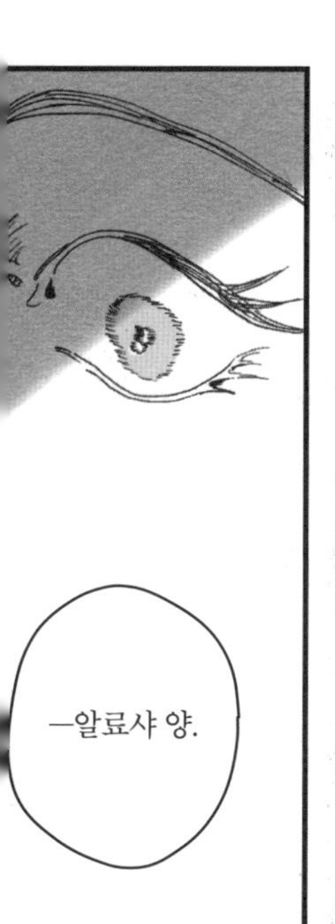

절 때린 건 드미트리이니 아가씨가 아니라, 그 사람이 직접 오는 편이 나았을 겁니다.

그러니까, 드미트리가 진심으로 뉘우친다면 말이죠.

… 언니에게 꼭
전할게요!

사람을
고쳐 쓸 수 있다고
믿는다면
당신은 틀림없이
고결한 사람이겠군요.

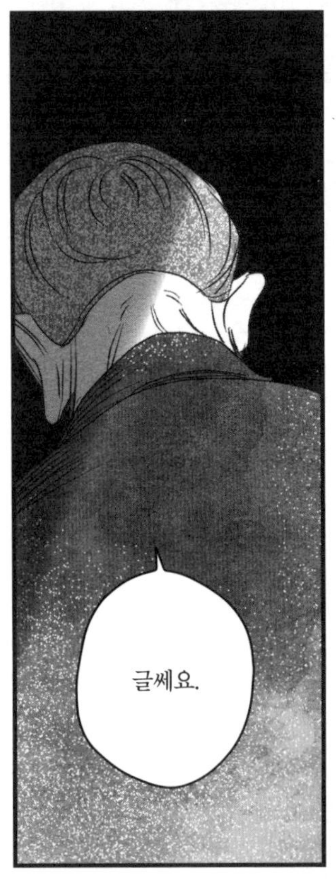
글쎄요.

역시 더 늦기 전에
언니에게 가봐야겠어.

또 다른 사람들이 상처받기 전에.

우선 집으로 가보자.
언니가 있을진
모르겠지만…
만나면
무슨 말부터
해야 할까?

저번엔 어딘가
불안해 보였는데.
나쁜 생각을 하고 있는 게
아니었으면 좋겠어.

너 안 어울리게
숙맥이야?
귀엽다.

그만하래도.
난 바빠.

쪽

아.

엥?

25

편법과 정도

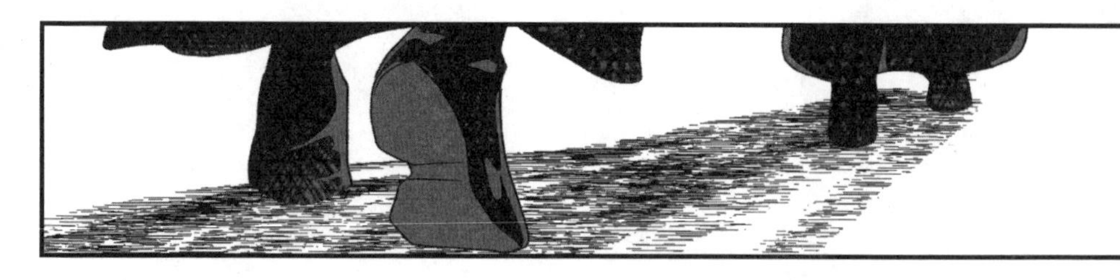

오해하실까 봐
미리 말해두겠는데요.
어?
뭐?

그냥 짓궂은 동네 친구입니다.
입맞춤할 생각까진 없었어요.
그, 그렇구나~.
당연하죠.
그야 키스를 한다면
개가 아니라—

… 그래서,
집에는 무슨 용무시죠?
방금 말 돌린 건가?
드미트리 언니를
찾느라….

쿵

한발 늦으셨네요.
드미트리라면 이반 아가씨와 식당에 갔는걸요.
언니들 둘이서?

제라도?
그게, 둘이 사이가 좋진 않잖아?

물론 드미트리가 일방적으로 치대는 쪽이지만…
이반 아가씨는 말입니다. 고작 드미트리를 도우러 돌아오셨어요.

본가에
계시겠다고요?
다행히 아가씨 방은
매일 청소해 둬서 묵기에
나쁘지 않겠지만…
그나저나
유학 생활은
어떠세요?
모스크바로는
언제 돌아가시—
안 돌아가.
관뒀어.

왜요?
잘하고 계셨잖아요.
… 학비가 너무 부담되더라.
드미트리가 유산 문제로 도와달라고 부탁한 것도 있고….
… 좀 지쳤나?

꾸욱

틱
틱
덜 익은 열매를 따면 아쉬움만 남죠.
더 배우셨다면 분명 지금보다 더 좋은 글이 나왔을 텐데.

이반 언니가 모스크바에서 돌아온 건, 가족을 중시해서—
그게 아니라 의무를 다하시는 겁니다. 자기 아버지와 닮지 않으려고.

성실한 동생.
좋은 언니!
자기
의사와 상관없이
주어진 역할
말이죠.

하긴, 한날 저 같은 사람도
이 집에서 역할이란 게
있습니다.

드미트리와
표도르 사장님 사이에서
이중 스파이 짓을 하고 있죠.
뭐라고?
경멸하지 마세요.
처음 감시를 명령한 건
드미트리니까.

사장님은
드미트리의 약점을
잡길 원하고

드미트리는
사장님이 그루첸카에게
허튼 짓은 않는지
감시하길 원하더군요.

둘만의 접견용
노크 암호도
있을 정도니까요.
확실히
평범한 동업자
같진 않죠.

느리게 똑 똑.
다음엔 빠르게 똑, 똑, 똑.
이제 드미트리도 알고 있으니,
둘만의 비밀은 아니지만요.

제가 왜 당신에게
이런 얘길 할까요?

모두가 이렇듯
제 할 일을 다 하는데
당신은 왜
아무것도 하지 않죠?

…… 그게 네가 나를
싫어하는 이유였니?

전 이유도 없이
사랑받는 모든 것을
싫어한답니다!

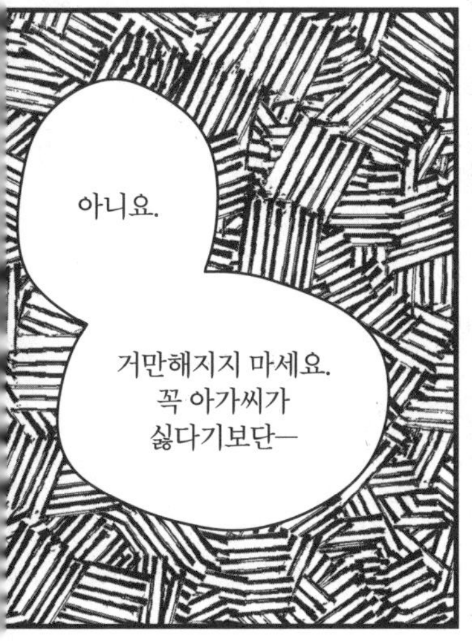

아니요.
거만해지지 마세요.
꼭 아가씨가
싫다기보단—

화내려나.
우나?
울면 성가신데.

질질 짜면
결국 그 정도밖에
안 된단 뜻이지.
이 구제불능을
써먹을 수나
있으려나.

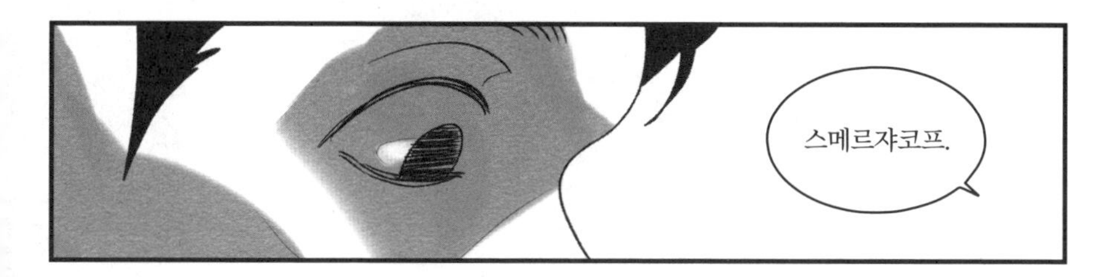
스메르쟈코프.

너 외롭게
살았구나.

네 말이 맞아.
난 수도원으로
도망쳤으니까.
무책임하고
우스워 보여도
어쩔 수 없지.

가족에게서
한 번 도망쳐 보니
알겠어.
이래도 되는지,
이제 와서 왜 돕고 싶은지
나도 잘 모르겠지만

난
내 마음대로
할 거야.

그 식당에 가봐야겠다.
가게 이름이 뭐라고?

실룩

폰인 줄 알았는데…

나이트였군.

아쉬운 대로
합격!
'수도'라는
곳입니다.

이반 아가씨의
단골 식당이죠.

알료샤….

26

대 심 문 관

The Grand Inquisitor

OPEN

수도

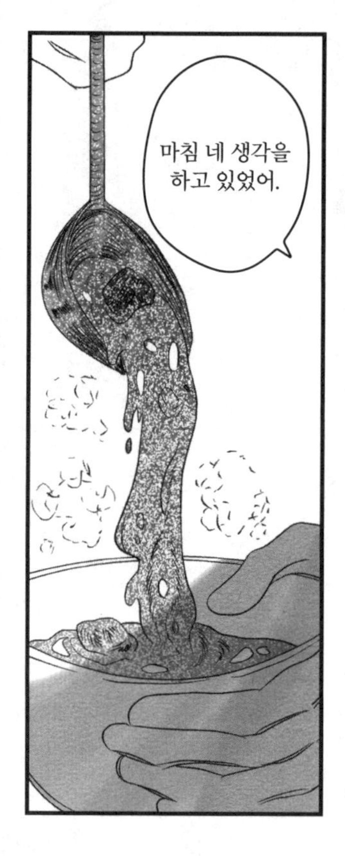

그때…
리즈의 집에서
말하길 사흘 뒤에
마을을 떠난다며.

왜 미리 말해주지
않았어?

언니와 나 사이에
갈수록 비밀만
늘어나는 것 같아.

예전엔 서로밖에
없었는데.

….
알료샤,
얘야.

들어오는 길에
공을 차고 노는
아이들을 봤니?

응,
봤지.

봄날의
파란 하늘도
봤겠구나.
막 돋아나
끈적거리는
잎사귀도 만났고?
봤고말고.

어린 아이들,
끈적이는 잎사귀,
파란 하늘…
전부 내가
사랑하는 것들이지.

이 사랑엔
지성도 논리도
필요 없어.
배 속으로,
오장육부로
사랑한단 말이야.
그 이유가
짐작 가니?

세상 모든 여린 삶에서
너를 발견하기 때문이란다.

내가 너를
얼마나
사랑하는지
너조차도
다 알 수
없을 거야….

언니….

*롤리타: 블라디미르 나보코프의 소설. 12살 소녀 롤리타를 향한 한 중년 남성의 병적인 집착을 그렸다.

*스크루테이프의 편지: C. S. 루이스가 쓴, 악마 스크루테이프가 인간의 영혼을 타락시키는 방법을 알려주는 편지 형식의 소설

혹시 칼럼의 내용을
외웠니?
조금은.

네가 어릴 때
동화로 역할놀이
하던 것 생각나?
그럼.
언니가 시작 신호로
책상을 두드리면…

똑똑

… 대심문관이 늦은 밤
감옥 속 허름한 사내를
찾아와 묻는다.

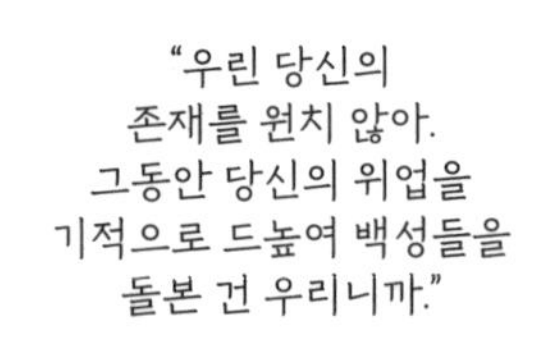
"우린 당신의
존재를 원치 않아.
그동안 당신의 위업을
기적으로 드높여 백성들을
돌본 건 우리니까."

"당신이 허울뿐인
약속을 남기고 갔을 때,
굶주린 저들에게 빵을 주고
희망을 준 건 우리란 말이야.
저 비열한
노예들은, 겁쟁이들은,
불확실한 하늘의 빵보다
지상의 빵에 휘둘린다고."

사내는 감옥에
앉아있을 뿐이다.

"당신은 인간을 너무 과대평가했소!"

"나는 저 무력하고 죄 많은 양 떼를 이끌어야 하는 목자요. 인류의 행복을 위해 당신이 거짓말쟁이에 불과하단 비밀을 기꺼이 함구하겠어."

"… 나도 한때는 광야에서 당신만을 기다렸어."

"당신의 선택을 받은, 구원이 확정된 소수의 선지자가 되려 했지만…"

"이젠 그 광기가 싫어. 난 수십억의 인간 편에 서겠어. 대단치는 않지만 연약한 자들의 안녕을 위해 기꺼이 악역이 되겠어."

“당신을 십자가에 매달거나
불태울 수도 있지만”

“난 당신 아버지만큼
잔인하진 않으니
여기서 도망치게 해주지.”

“어서 나가시오.
그리고 두 번 다시 돌아오지 마시오.
… 절대로!”

사내는
몸을 일으켜

가엾은 노인에게
입을 맞추고 빠져나간다.
그것이 그의
유일한 대답이었다.

쪽

이야기는
이렇게 끝나지?

글쎄, 거기까지
투고했지만
그게 결말은
아니야.
그나저나
이 입맞춤은
내 글의
표절이구나!

왜 이런 글을 쓴 거야?

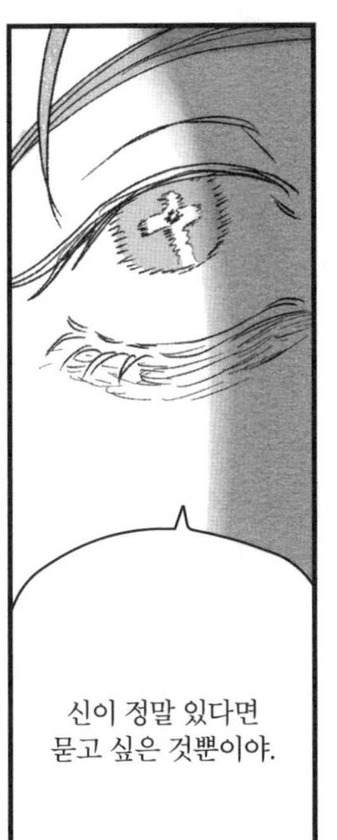
신이 정말 있다면
묻고 싶은 것뿐이야.

어떻게 이런 끔찍한 세상이
존재하게 내버려 뒀는지 말이야.

알료샤, 나는…
이따위 삶이라도
사랑하고 싶거든….

우리 또 만날 수
있는 거지?

그럴 거야.
약속해 줘.
노력할게.
약속.

하하, 꼭 드미트리 언니처럼
말하네!
내가 언제?

영업시간이 끝나가니
그만 일어나자.
돌아가야지.
넌 오른쪽으로,
난 왼쪽으로.

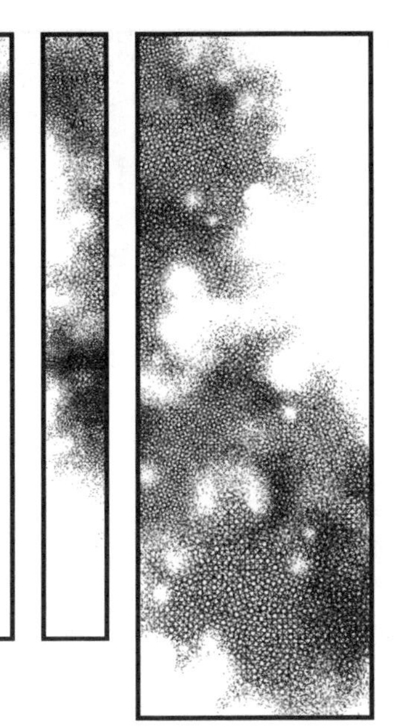

거기 아가씨,
식당에서 나오던데, 혹시 담뱃불 좀 빌릴 수 있을까?

고마우이.

아, 네.

늙은이에게도
친절한 걸 보니
기분이
좋은가 보군.
상쾌해 보여.

뭔가 곧 끝날 것
같아서요.

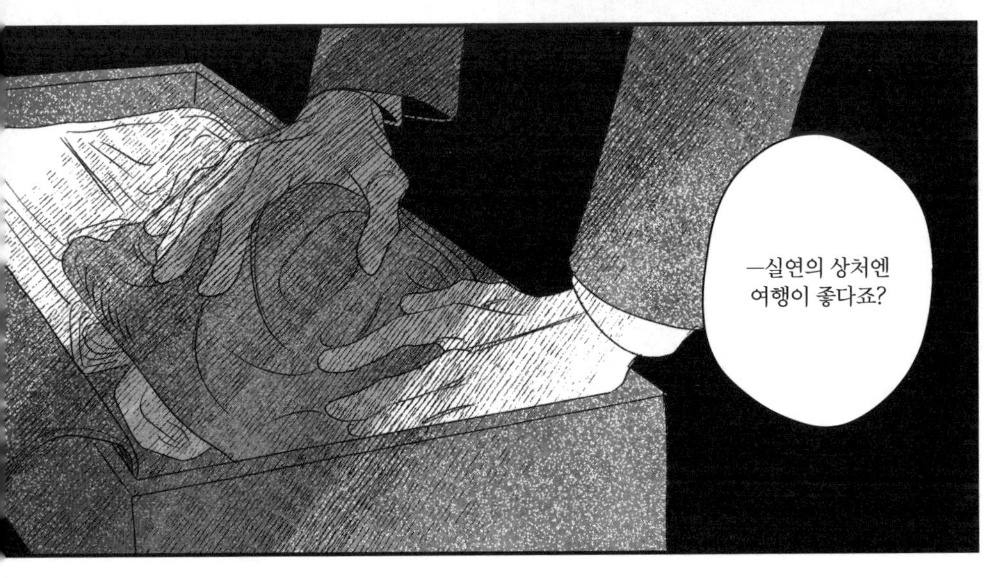
—실연의 상처엔
여행이 좋다죠?

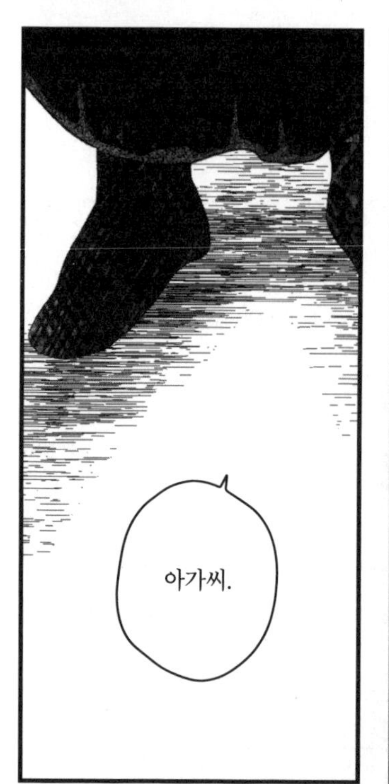
아가씨.

무슨
헛소리인지
모르겠구나.

스메르쟈코프.

대화를
하잔 겁니다.
영리한 사람들끼리.

SISTERS KARAMAZOV

27

도 화 선

고민 상담을
해주셨으면
해서요.

사장님이고 드미트리고
중간에 끼인 저만 괴롭히니
정말이지 곤란합니다.

진정해.
일단 놓고
앉아봐.
보나 마나 저번에 말한
이중 스파이 얘기지?
그러게 왜 끼어들었어?

이 자식,
무슨 힘이
이렇게….

*뇌전증: 뇌 손상이나 병리적 변화로 경련을 일으키고, 의식 장애를 일으키는 발작 증상이 반복적으로 나타나는 병

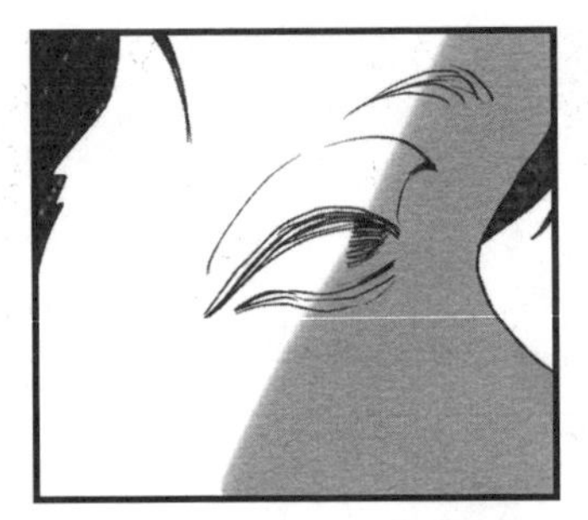
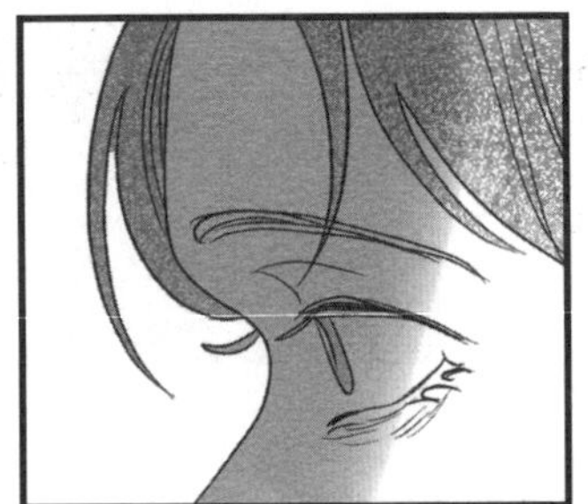
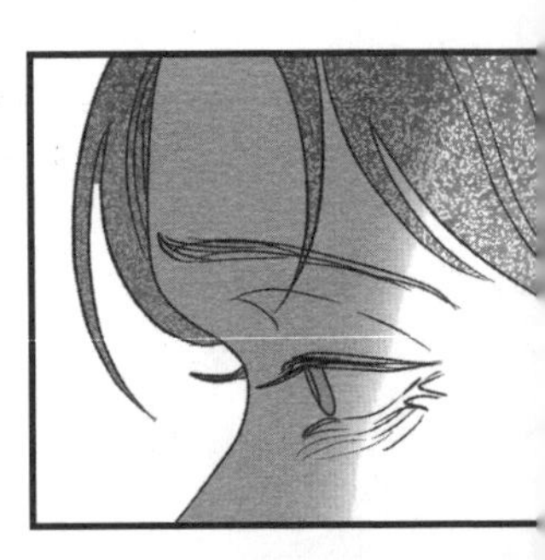

헛소리.
발작을 어떻게
미리 안단 말이야?

지난번,
다락방 계단을 오르다
갑자기 발작이 시작되었을 땐
정말 끔찍했답니다.
굴러 떨어지니
얼마나 아프던지요.
사흘 내내 앓았죠.
아직도 생생해요.

저는
매일 다락방에
올라가니,
내일도 그러지 않으리란
법은 없죠….

꾀병이라도
부리겠단 말처럼
들리는구나.
바로 그겁니다.

사흘 정도
앓아누우면
어떨까요?
이제 그 방법밖에 없어요.
제아무리 드미트리라도
환자를 다그치진 않을 테니까요.
영리하셔라!
역시 아가씨는
척하면 척
알아듣는군요.

하기야 드미트리가
죽이겠다고 떠드는 건
사장님뿐이죠.
콰악!

저까지
공범으로 몰릴까 봐
무서워 죽겠어요!
뭐?

드미트리에게
두 사람의
노크 암호를
알려줬거든요.

사장님은 밤에
문을 단단히 잠그지만,
그루첸카의 노크라면
언제든 열어주죠.

설령 그게
나쁜 마음을 먹은
당신 언니일지라도요.

너 얼간이냐?
드미트리는
아버지를
절대 못 죽여.

그 인간, 말로만 떠들지
정말 살인을 할 만큼 악당은 못 돼.

언니는 내가
잘 안다고.

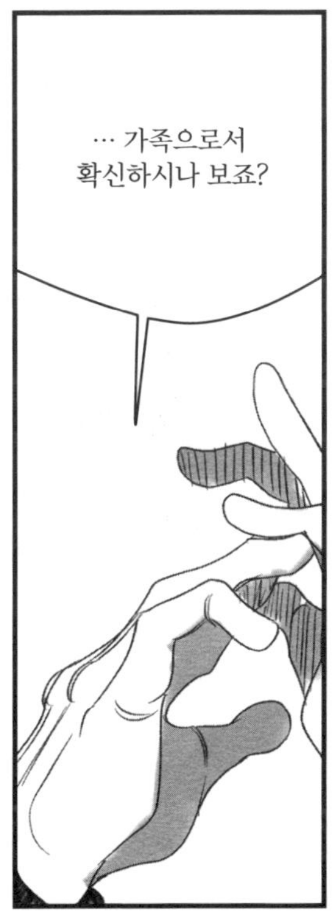
… 가족으로서
확신하시나 보죠?

하지만
돈이 궁하다면요?

타악

뭐…

너 미쳤어?
이거 안 놔?
스메르쟈코프!
아가씨.
아가씨….

이반.

사장님이
베개 밑에
큰돈을
숨겨놨어요.

그루첸카에게 주려고
준비한 돈인데,
드미트리도 이 사실을
안다고요.

우연히, 아주 우연히
방해꾼들이
사라져 주면 어떨까.
난 앓아누울 테고
그레고리는
잠귀가 어두워.
알료샤가
수도원으로 돌아가고,
당신마저
여행을 떠나면…
무슨 일이 일어날지
궁금하지 않아?

네 머릿속에
뭐가 든 건지 모르겠어!

그건 제가
당신의 가족이
아니기 때문이겠죠.

즐거운 여행이
되시길 바랍니다.

아가씨.

미친놈!

어라?
여행이라도 가는 건가?

헛소리만 횡설수설해 대니 원!
아버지는 왜 그런 음침한 녀석을 주워 와서….

또 만났네,
아가씨!

누구….
응?
전에 담뱃불
빌려줬잖아.

아,
그 식당 앞의
노숙자….
예, 음,
안녕하세요….

심심했는데
잘됐네.
옆에 좀 앉을게?

여행이라~
아가씨 나이엔
특히 좋지.
심란할 땐 역시
기차 여행이잖아.
어디로 가나?
내 주변엔 왜 이런
무례한 인간들만
꼬인담….
모스크바요.

고민이 있지?
표정에 다 드러나네. 저번에는 개운해 보이더니 지금은 죽상이군.

남의 일에 오지랖이 지나치네요?
왜~ 말해봐. 원래 이런 상담은 다신 안 볼 사이가 낫지 않나?
내가 어딜 가서 떠들겠어?

맞는 말이긴 한데….

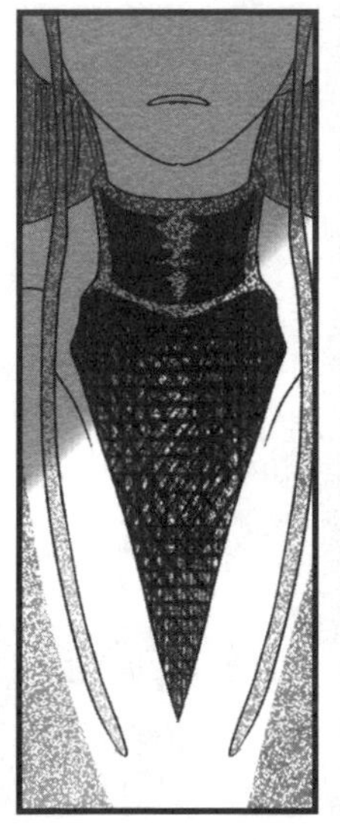

그냥…
아는 사람이, 제가 떠나면 꼭 무슨 일이라도 날 것처럼 말해서요.

그런 소릴
듣고도
떠나네?

사실 아가씨도
무슨 일이 일어나길
바라는 건 아니고?

나는….
모스크바행 열차가
곧 출발합니다.
다시 한 번
알립니다.
승객 여러분은
탑승해 주시기
바랍니다.

승강장의 승객 여러분은
지금 즉시…

거기 아가씨!
안 탈 거예요?

… 아니요.
갑니다.

아.

… 이반,
지금쯤
출발했으려나.

이 집은
참 좋아.

등만 떠밀어 주면
재밌게들 움직이잖아.
스메르쟈코프!
단순한 인간들….

젠장,
머리부터 박았더니
더럽게 어지럽네….

좀 닥쳐봐요, 그레고리.
난 지금 퍼즐을
완성 중이라고.

자, 게임은
이제
시작인데
우리 변수는
지금쯤 뭘 하고
있으려나?

잘난 체를 했으면
재밌게 굴어봐.
세상은 이제부터
너한테도 그렇게
친절하지 않을 테니까.

알료샤!

대체 어디 있다
이제 와?
장로님이,
조시마 장로님이….

……..
안 돼.
아니야….

SISTERS KARAMAZOV

28

각자의 사정

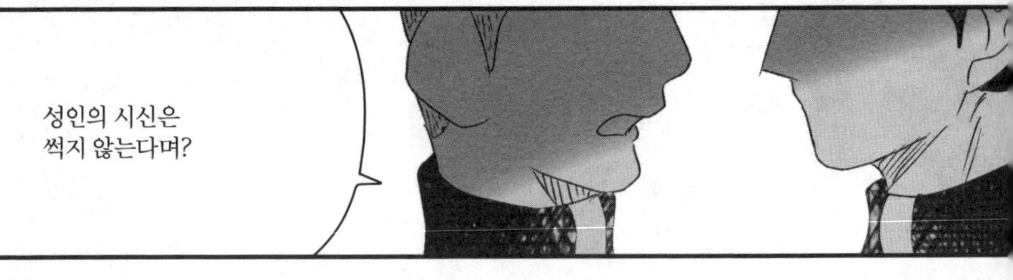
성인의 시신은
썩지 않는다며?

그런데 조시마 장로님은
돌아가시자마자
부패해서
악취가 진동하다니….

그렇게 존경받던 분이 이럴 수 있나?
어쩌면 모두 속은 걸지도 몰라.
실은 과거가 더럽다든가….
쉿, 들리겠다.
저 여자애가 개잖아.
장로님이 싸고돌던….

핫

아.

어떡해,
다 들었나 봐.
… 들었으면 뭐 어쩔 거야?
이제 편들어 주던
장로님도 없는데.

징그러워.

이 수도원에
제대로 애도하는 이는
나 말고 없는 거야?
장로님이 돌아가셨는데
어떻게 그런 말을
할 수 있어.

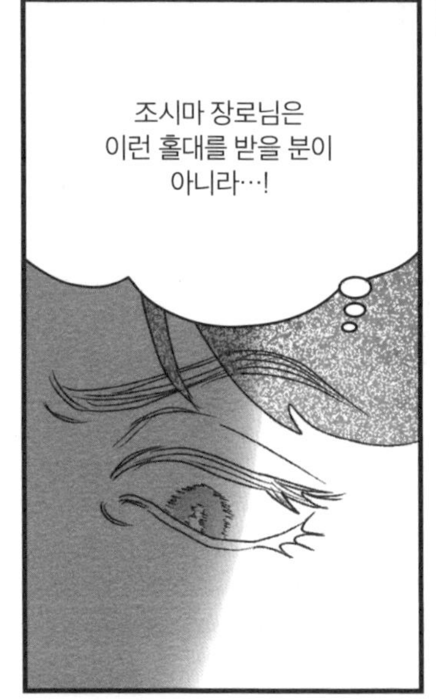
조시마 장로님은
이런 홀대를 받을 분이
아니라…!

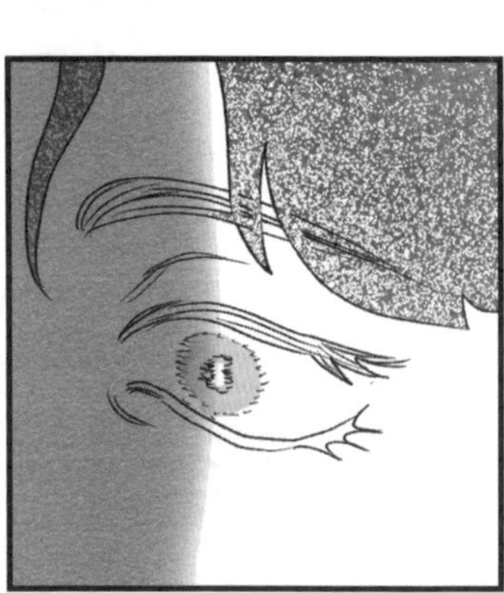

스승의 명예에
집착하는 내가
저기 노골적으로
기적을 운운하는 사람들과
뭐가 다르지?
사실 나도
장로님에게서
악취가 퍼지자마자
실망한 게 아닐까?

가만, 악취?

그러고 보니
장로님이 분명히
말한 적 있었어.
우리 가족이
수도원에
왔을 때….

알료샤.

수도원은
고인 물이나 다름없다.
곧 악취가 풍길 거야.
내가 죽으면
여길
떠나거라.

넌 내 손녀나
다름없잖니….

내 진짜 가족에게서
도망쳐 온 곳이
수도원이었지….

이젠 모르겠어.
길을 잃은 것 같아.

누구라도 도와줘.
언니, 보고 싶어….

죄송하지만
저희 바에선
흡연이 안 되는…
놔둬요.
손님?

내 손님으로
오신 분이에요.

… 그루첸카.

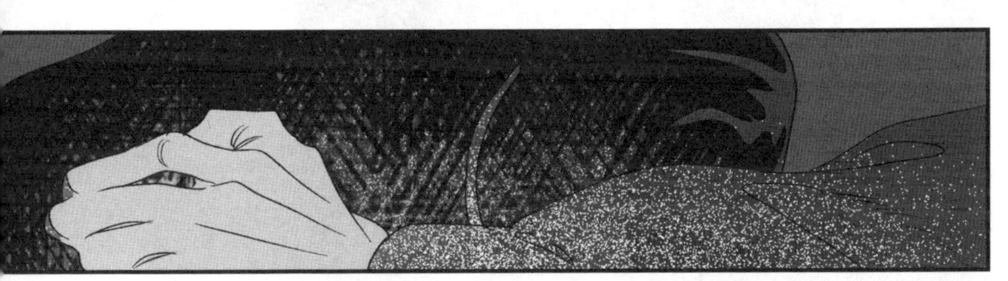

먼저 부르다니 놀랍네.
요즘 날 피해 다니는 줄
알았는데.
슬슬 그만 약 올리고
잡혀드려야지.
누나 화나면 무섭잖아.
나
그리웠어요?

그리웠냐고?

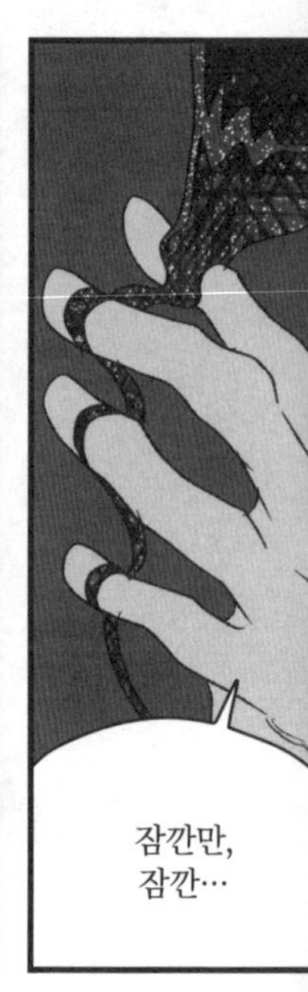
잠깐만,
잠깐…

오늘은 대화하려고
부른 거예요.

당신도
나를 알 때가
되었어요.

내가 남자도
좋아한단 거,
알고 있었죠?

내가 표도르와 만나는 걸
경계한 이유도 그것 때문이겠지.
당신 아버지는
소문난 호색한이니까.

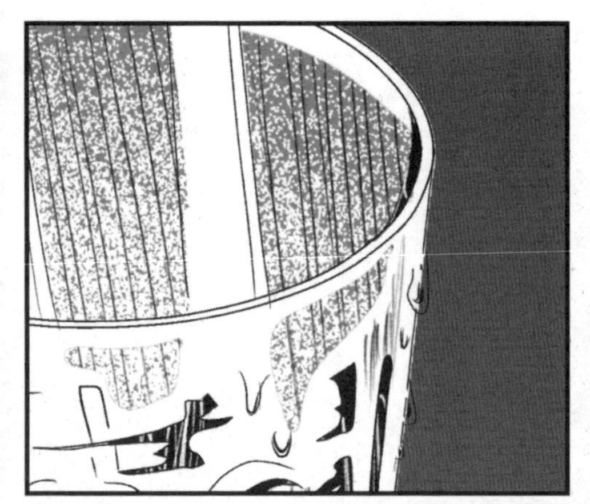
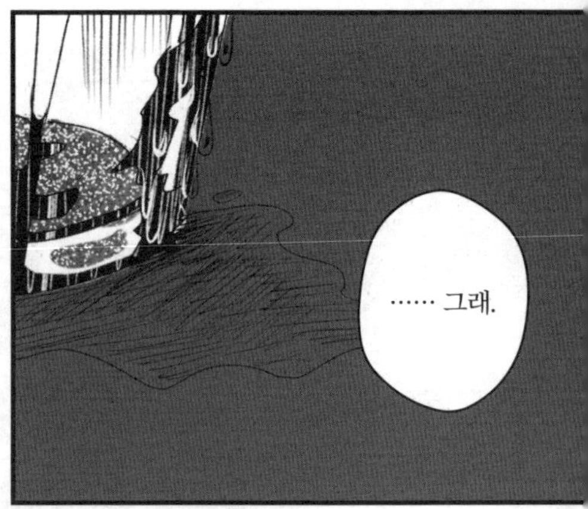
…… 그래.

돈에 미쳐서
남자도
꼬신다고요?
들은 얘기도
있었고.
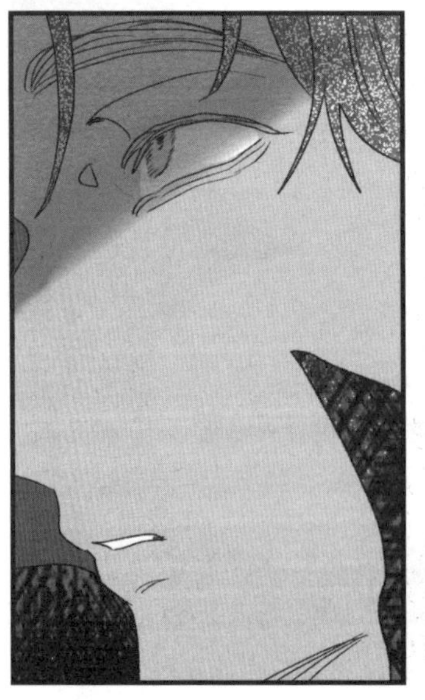

그런 소문을
처음 퍼뜨린 것도
내 첫사랑이었어요.

퍼억
그루첸카.
이름도 계집애스럽더니 더럽게 진짜….
야, 진짜 너한테 고백한 거야?
미안. 너무 역겨워서 친구들한테 말했어.

괜찮지?
너 나
좋아하잖아.
그게 벌써 몇 년 전 일인데
망령처럼 날 따라다녀요.
누군가와 아무리 즐거워도,
괜히 기대했다 다칠까 봐
주춤거려요.
진짜 열받는 건
말이죠.

이제 당신도
날 떠나겠군요.
미안해요.
더 이상 속이고 싶지
않았어요.

진짜 나를
알아버린 사람들이,
날 사랑해 줄 리
없으니까….

당신은 다정한 사람이죠.
그동안 날 동정해 줘서
고마웠어요.

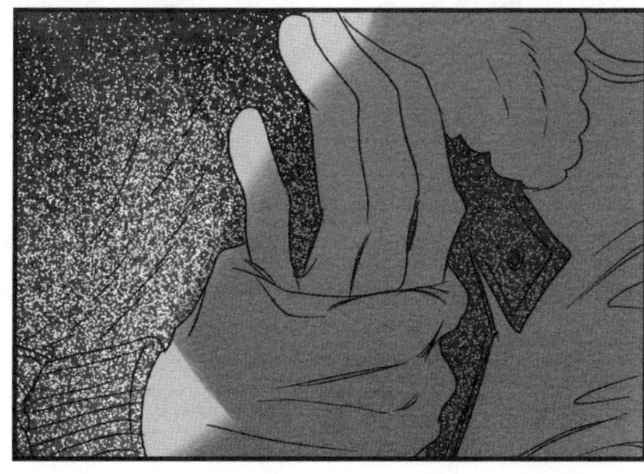

얼굴 보고
말하지도
못하면서.

네가 내게서
일방적으로 멀어지니까
처음엔 화가 났어.
다음엔
미친 듯이
걱정됐고.

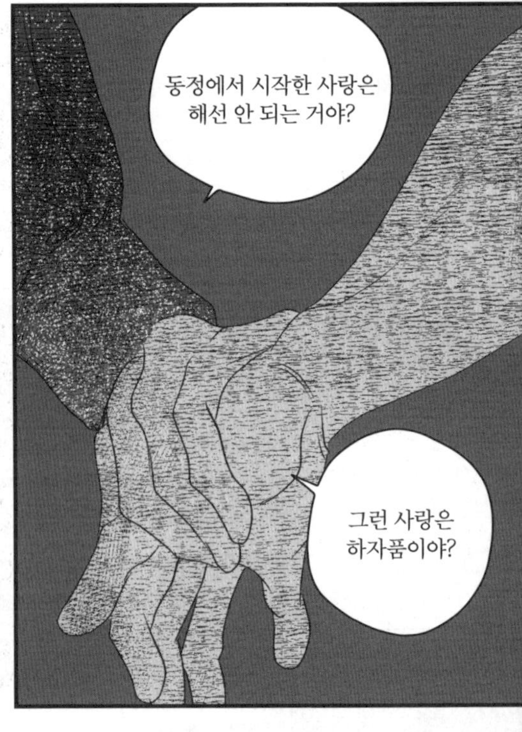
동정에서 시작한 사랑은
해선 안 되는 거야?
그런 사랑은
하자품이야?

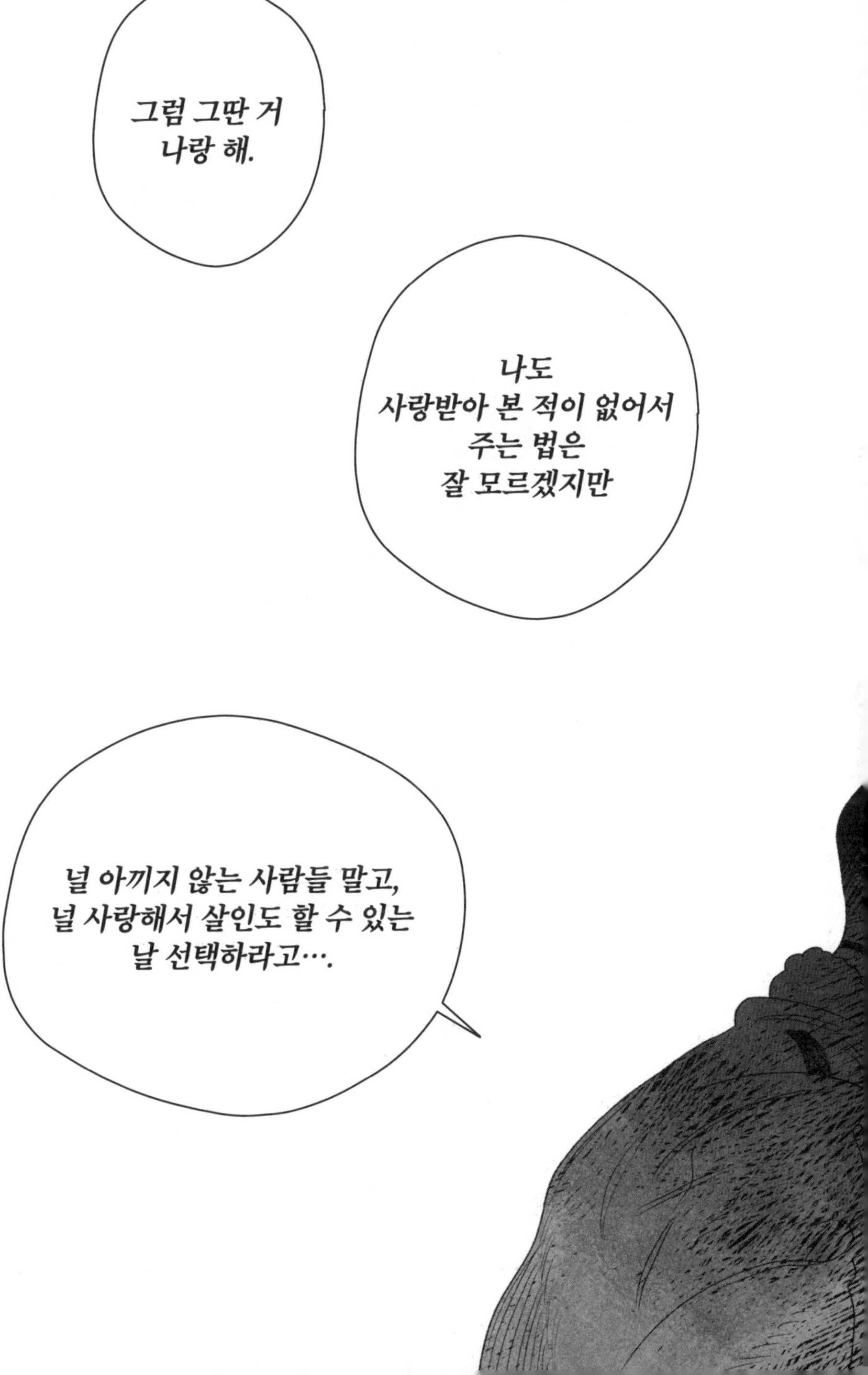

그럼 그딴 거
나랑 해.

나도
사랑받아 본 적이 없어서
주는 법은
잘 모르겠지만

널 아끼지 않는 사람들 말고,
널 사랑해서 살인도 할 수 있는
날 선택하라고….

살인이라니,
진심이에요?
네가 말한
그 개새끼랑
우리 아빠,
둘 정도는?

네, 회장님.
확인했습니다.
둘이 맞아요.

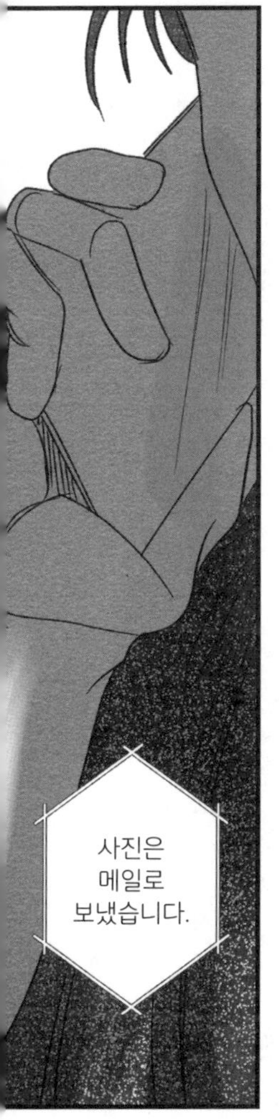
사진은
메일로
보냈습니다.

조사하느라
수고했네.
입금은 바로 하지.

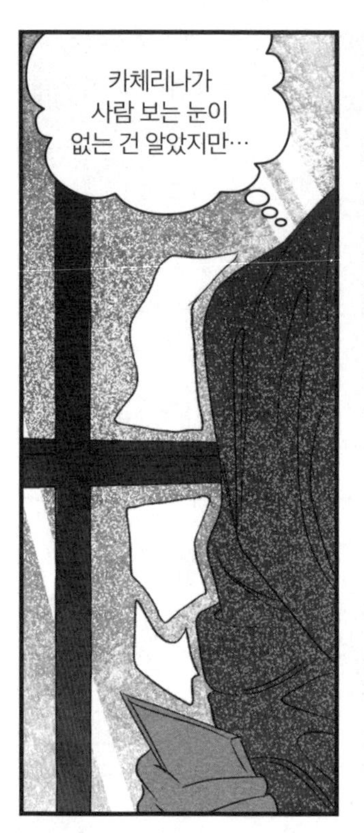
카체리나가
사람 보는 눈이
없는 건 알았지만…

베르호프 사
며느리 될 아가씨가
화려하게도 노시는군.
파혼은 흠이 되니,
콱 사고사로 위장해
죽여버릴까….

가만, 카체리나에게
트라우마가 되려나?
그것도 곤란한데….
에휴,
이래서 애가
귀찮아.

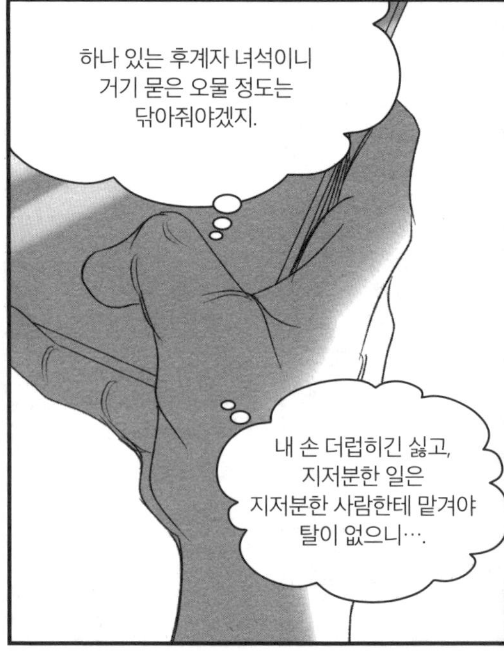
하나 있는 후계자 녀석이니
거기 묻은 오물 정도는
닦아줘야겠지.
내 손 더럽히긴 싫고,
지저분한 일은
지저분한 사람한테 맡겨야
탈이 없으니….

표도르 씨, 접니다.
내일 시간 괜찮으신지요?

저희 예비 며느리 일로
얘기 좀 했으면 하는데요.

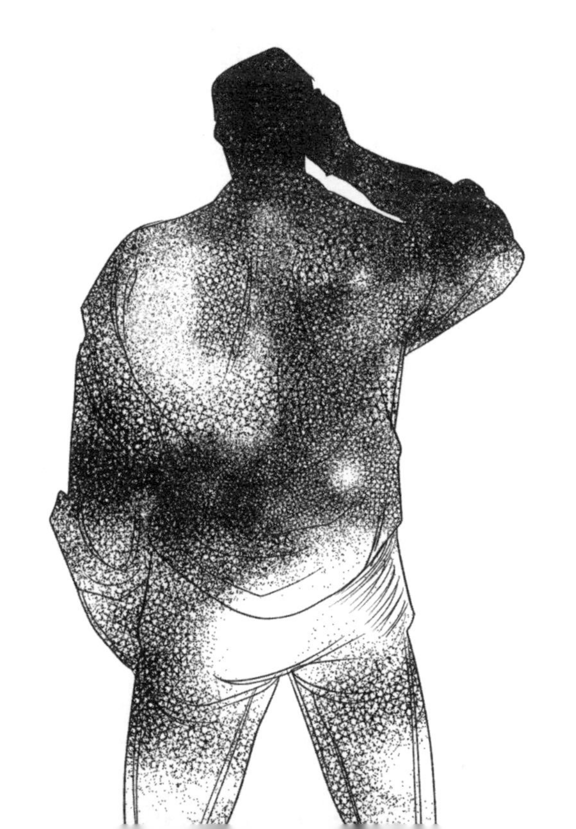

< 3권에서 계속 >

까라마조프 가문의 인물 관계도

WRITTEN & DIRECTED BY

JEONG WON-SA

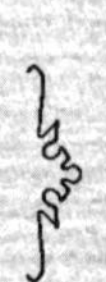

ORIGINAL BY

DOSTOEVSKII

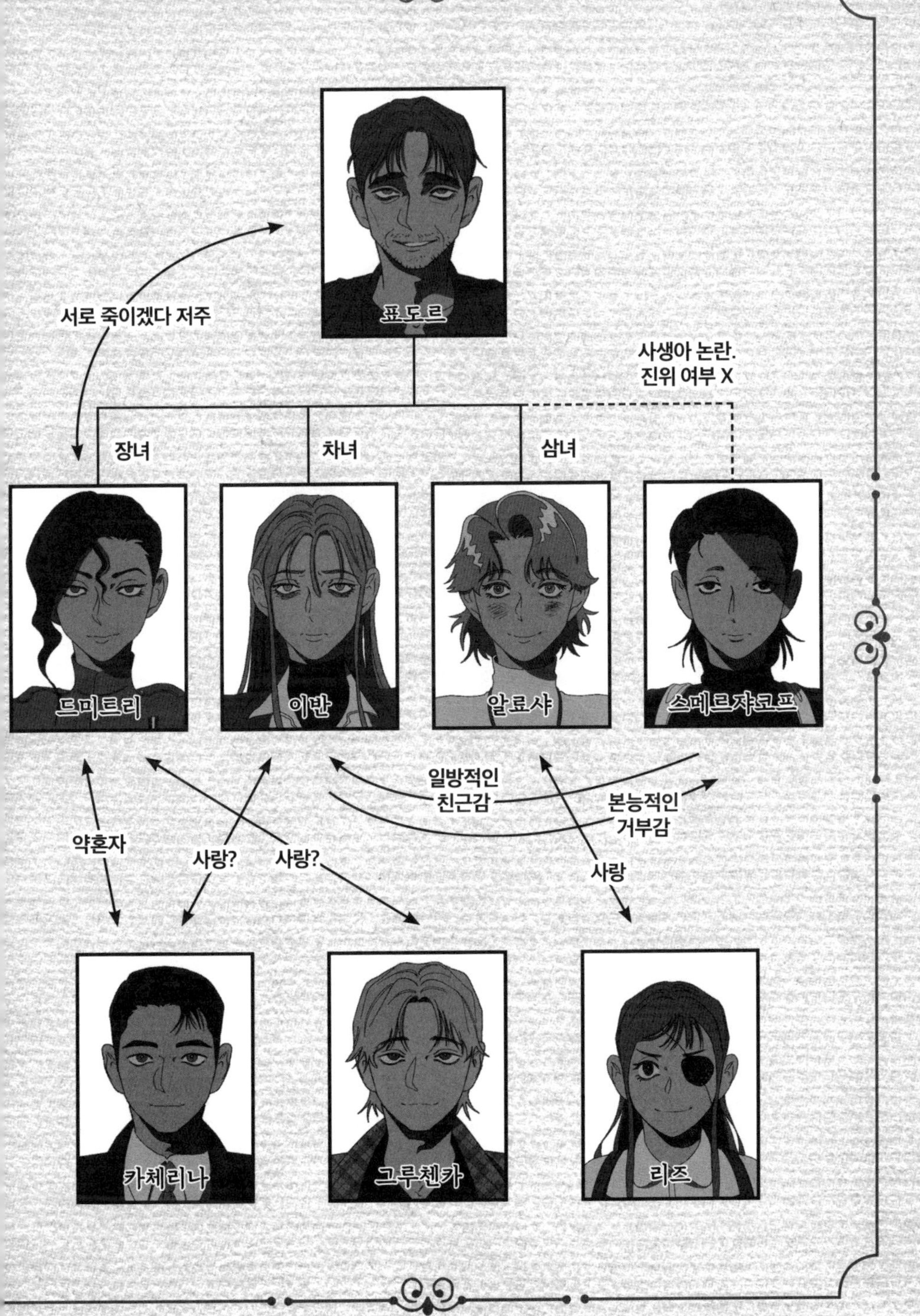
표도르
서로 죽이겠다 저주
사생아 논란.
진위 여부 X
장녀
차녀
삼녀
드미트리
이반
알료샤
스메르쟈코프
일방적인
친근감
본능적인
거부감
약혼자
사랑?
사랑?
사랑
카체리나
그루첸카
리즈

The Sisters Karamazov

까라마조프의 자매들

안녕하세요. 정원사 작가입니다.
만화를 취미로 그리기 시작한 지야 제법 되었지만
정말 좋아하는 고전 소설의 리메이크 작품으로 데뷔한 것도,
단행본이 나온 것도 얼떨떨할 정도로 기쁘네요.
보내주신 큰 사랑에 감사드려요.

연재 전이나 후나 이미 유명한 고전 소설의 성별을 건드려 좋을 게 뭐냐—
괜히 안 하느니만 못하지 않냐는 우려 섞인 감상도 많이 들었는데요.
비단 고전뿐 아니라 좋은 이야기는
모셔 둘 게 아니라 널리 읽혀야 된다고 생각합니다.
이토록 매력적인 이야기라면 더욱 재해석하고 싶다는 마음과
이때가 아니면 언제 해보냐는 신인의 패기로 덤벼들었습니다.

성장하기도, 한껏 추해지기도 하는 인물들이
현대의 여성이라면 어떨까 상상하는 것도 재밌고요.
《까라마조프의 자매들》이 본 만화 자체로도 즐거운 여정이 되길,
그리고 나아가 원작 소설이 궁금해지는 계기가
되었으면 좋겠습니다.

이야기를 무사히 마무리 짓기까지
함께해 주시길 바랍니다.

모쪼록 다들 행복하세요.

정원사 드림

2

The Sisters Karamazov

까라마조프의 자매들

1판 1쇄 인쇄 2022년 7월 18일
1판 1쇄 발행 2022년 8월 15일

지은이 정원사
펴낸이 김영곤
펴낸곳 ㈜북이십일 아르테팝

융합1본부장 문영 **기획개발** 변기석 신세빈 김시은 **표지·본문 디자인** 정은혜
아동마케팅영업본부장 변유경 **아동마케팅팀** 김영남 최예슬 황혜선 이규림 I 이해림
아동영업1팀 이도경 오다은 김소연 **아동영업2팀** 한충희 강경남 오은희
제작 이영민 권경민

출판등록 2000년 5월 6일 제 406-2003-061호
주소 (우 10881) 경기도 파주시 문발동 회동길 201
연락처 031-955-2100(대표) 031-955-2715(기획개발)
팩스 031-955-2177
홈페이지 www.book21.com

ISBN 978-89-509-0684-9 04810
978-89-509-0703-7 (세트)